月神

葉室 麟

角川文庫
23595

目次

月の章

——明治十三年（一八八〇）四月十八日

横浜港から月形潔を団長とする集治監建設地調査団の一行八人が汽船で北海道函館へ向けて出発した。

舷側で潔は遠ざかる横浜港を眺めていた。何隻もの汽船が停留した横浜港の上空には黒い煙が棚引いている。分厚い雲が空にかかり、陽が陰っていた。

潔は、弘化四年（一八四七）の生まれで、この年三十四歳、内務省御用掛権少書記官だ。

「月形さん、どうしました。もう帰りたくなりましたか」

海賀直常がからかうように声をかけた。

直常は潔より四歳年上の調査団員である。同じ様な洋服だが、丈がやや詰まり、袖口に擦り切れたところがあった。だが、そんなことは気にしていないようだ。がっちりとした体格で眉の間が狭くつながっているように見える。

潔は福岡藩士の出身で、直常は福岡藩支藩の秋月藩士だったから、日ごろから親しく話している。

「いや、これからのことを思うと気が重い」

潔は口辺に微笑を浮かべて振り向いた。額が広く眼差しが涼しい、ととのった顔立ちで鼻下にやわらかな髭を蓄えていた。西洋人に似た風貌に灰色の洋服がよく似合った。

九州の生まれだけに暗い陰りを見せることを嫌うが、目に憂鬱な光があることまでは隠せなかった。豪放だが、繊細なところもある直常はすぐに潔の気持に気づいて目をそらせた。

「なにせ、監獄を造りに行く仕事ですからな。気が重いのもわかります」

皮肉な口調で直常は言った。直常は明治五年、東京で代言人（弁護士）制度が設けられると、全国でも最初の代言人のひとりとなった。その後、警視庁に入り、潔とともに北海道に派遣されることになったのだ。

「北海道の開拓をやらなければならんのはわかりますが、それを囚人の懲役で行うとは、一石二鳥に似て、開拓も囚人善導もいずれもないがしろにすることになりはしませんかな」

直常は言い難いことを口にした。

〈海賀の欠礼〉というあだ名が直常にはある。秋霜烈日な厳しい性格で常に傲然としており、目上の者に対して、ずけずけと物を言い、時にはあいさつさえしない。上司への礼を欠く〈欠礼〉は直常には珍しくないのだ。

その直常が年下の潔に対しては、いつもていねいであり、敬意を表す。それでも、政府批判などは憚るところが無い。

潔は軽くうなずいただけで、何も口にはしなかった。海上を飛ぶ鷗を見つめる目には陰りがあった。生温い潮風が木綿のシャツを着た肌をべとつかせている。

(牢屋を造る仕事だ)

と思うと、潔は気が晴れなかった。集治監建設は明治十一年、元老院で、

――全国の罪囚を特定の島嶼に流し総懲治監とす

と決議されて決まった。

明治維新の後、明治七年の佐賀の乱に続き、九年に神風連の乱、秋月の乱、萩の乱、

さらに十年には士族の最大の反乱西南戦争が起きて、多数の国事犯、重罪犯が生じた。政府側が〈賊徒〉と呼んだこれらの政治犯は、四万数千人におよんだ。それまで集治監は東京と宮城にあったが、すべてを収容することができなくなっていた。

北海道に集治監を設けることを発案したのは内務卿の伊藤博文だった。伊藤は北海道開拓使長官の黒田清隆と協議した。五里四方の広さの候補地を二、三ヵ所あげて欲しいという伊藤の求めに対して黒田が回答したのは、

十勝国十勝川周辺
石狩国石狩川ノ上シベツ辺
胆振国有珠郡ノ奥後志山麓ノ辺

の三ヵ所だった。

汽船はしだいに速度をあげた。汽笛を鳴らし、湾外へ出ると波を受けて横ゆれが激しくなった。

蒸気機関の音がゴトゴトと響き、船の乗り心地はよくない。直常はなおも話しかけ

てきたが、潔は適当なところで切り上げると、ひとり部屋に戻り、机の椅子に腰かけて目を閉じた。

茫々たる過去が脳裏に甦ってくる。それは獄吏になることなど夢想もしなかった日々の思い出だった。忘れられないひとがいた。従兄弟の月形洗蔵だった。

潔の父月形健は福岡藩の儒者月形質の四男だった。潔が生まれたころ健は春耕と号して筑前の中底井野村で〈迎旭堂〉という私塾を開いていた。

月形家は三代六右衛門までは藩の料理方だったが、四代目の質は江戸へ出て儒学を学び鶉窠と号した。健の兄、深蔵も父とともに江戸に出て古賀精里に学んだ。

若くして学才を認められた深蔵は、馬廻組となり、藩校修猷館の教官に任ぜられた。しかし、藩内の抗争のあおりを受けて赤間駅茶屋奉行に左遷された。やがて、職を辞し、城下に塾を開いた。筑前福岡藩の尊攘派はその多くが深蔵の塾から出た。

健は温厚な性格で村落での教授に満足していたが、一方で深蔵を深く敬っていた。父の深蔵に対する畏敬の念は潔に引き継がれた。潔も深蔵の長男洗蔵に尊敬の気持を抱いた。

(洗蔵さんが、いまのわたしを見たら、どう思われるだろうか)

従兄弟の月形洗蔵は藩による勤皇党弾圧で刑死した。潔にとって洗蔵は従兄弟というよりも、尊敬すべき先達だった。しかし、洗蔵の歩んだ道の先に自分がいるとは言えないだろう。

維新の後、薩摩、長州藩の出身者が政府の要職を占め、土佐藩、佐賀藩がこれに続くぐらいで福岡藩は時代の潮流に乗りそこなった。

福岡藩出身者に与えられるのは、政治の本流とは関わりのない瑣末な仕事ばかりだ。

どこでどう違ってしまったのだろうか。

潔は船室の窓に目をやった。茫漠たる海が広がるばかりだ。

一

月形洗蔵が藩主黒田長溥に謹慎を命じられたのは、万延元年（一八六〇）十一月十四日のことだった。

これに先立つ十月二十二日、福岡藩では参勤交代の出立を十一月十八日と定めた。しかし、参勤出府に対して洗蔵を中心とする尊皇攘夷派の不満が強く家老立花弾正に対する斬奸の動きがあった。

警戒した長溥は尊攘派に対して厳しい態度でのぞんだ。三月三日、江戸城桜田門外で幕府大老井伊直弼が水戸藩浪士らに暗殺された、いわゆる〈桜田門外の変〉が起きていた。

御三家の水戸藩は此の事件により咎めを受けたが、尊攘派の動きは全国で活発となり、老中安藤信正は福岡藩に七月七日の参府を指示した。

これに対し、藩内では異論が噴出した。このため長溥は意見ある者は申し出るよう藩内に申し渡した。これに応じて洗蔵は五月六日、長溥に「桜田における義挙で天下の形勢は一変した」と主張する建白書を提出した。この建白書で洗蔵は、
「内乱の兆しが日増しに切迫しており、参勤は中止すべきである」

と述べた。もし、どうしても参勤するのであれば、数千の軍勢を率いて威勢を示すべきだ、藩内の忠義の士は勤皇のため必ずや奮発して思し召しに従うだろうというのが、洗蔵の考えだった。さらに長溥に拝謁したいと願った。建白書ではなく、直に意見具申をしたい、というのだ。長溥は家老からこのことを聞くと眉をひそめた。
〈安政の大獄〉で幕政に対する批判派を弾圧した井伊直弼を長溥は好んでいなかった。だが、自身の政策はあくまで開国通商論にある。尊皇攘夷派とは相容れないのだが、全国的な尊攘運動の高まりを無視することもできない。それだけに藩内での尊攘派の台頭は苦々しかった。

長溥はいったん洗蔵の願いを黙殺したが、尊攘派の動きは治まらなかった。

筑前尊攘派の中に中村円太という男がいた。藩校修猷館の訓導を務めていたが、一年前、安政六年（一八五九）、二十五歳の時に脱藩して江戸に出た。しかし、〈桜田門

外の変〉が起きると福岡藩領内に駆け戻った。

参勤を中止させ、福岡藩を尊皇攘夷に立ち上がらせようと目論んでいた。ところが、藩論がまとまらないことに業を煮やして慎重派の家老を斬ろうと息巻いた。

円太は尊攘派志士の典型のような狂熱の男だった。城下桜谷にある洗蔵の屋敷をたびたび訪れては矯激な意見を述べた。

「もはや天誅を加え、尊攘の大義を果たさねばなりませんぞ」

洗蔵は文政十一年（一八二八）の生まれで、この年三十三歳。目を光らせ、七歳年下の円太の話を黙って聞いていたが、暗殺は望むところではなかった。やがて、

「君の言は壮とすべきだが、参勤を阻止する法はほかにもあるぞ」

と静かに言った。

「何があるというのですか」

円太は目をむいた。

「殿はご養子の身だ。重臣方に気兼ねをされて、何事も思うにまかせないのだ」

洗蔵が目をつけたのは、長溥がもともと黒田家のひとではないということだ。長溥は江戸高輪の薩摩藩上屋敷で生まれた。父は将軍の岳父として権威を振るい〈高輪下馬将軍〉の異名さえあった第八代薩摩藩主島津重豪だ。

文政五年（一八二二）、十二歳の時、請われて福岡藩主黒田斉清の養子となった。

「島津に暗君なし」と言われた島津家から養子に入っただけに頭脳明晰で〈蘭癖〉とも言われるほど西洋の文物への理解と興味があった。

藩主となってからは蘭学の取り入れに積極的だった。文政十一年に長崎に赴いてシーボルトに会って学識にふれると喜んで交流を続けた。嘉永二年（一八四九）に種痘法が伝来すると、保守派の反対を押し切って採用した。

文久年間にコレラが流行した際には城内薬を造らせ、城下で無料配布する見識を見せた。また、藩士を長崎に派遣して医学など蘭学を学ばせ、西洋式の軍隊調練も行った。

弘化二年（一八四五）には博多の中之島に精錬所を設け殖産興業を図り、硝子や肝油の製造、さらに写真撮影も行った。

国際情勢にも通じており、それだけに過激な尊攘派を苦々しく思っていたが、藩内の融和を考えないわけにはいかない。

そんな長溥が実家である薩摩の動きを気にしていることを洗蔵は察していた。洗蔵は激情家の反面、冷徹でもあった。薩摩の尊攘派が動けば、長溥は新たな方針を打ち出す可能性がある、と見定めていた。

「それゆえ、君は薩摩へ行け。薩摩藩の尊皇攘夷の志を持つ者にわが藩情を訴えて助けを求めるのだ。薩摩が動けば殿も参勤を止めることを決断されるだろう」

る。

洗蔵の言葉に円太ははっとした。円太は感情にまかせて動くが、物事の道理はわか

「なるほど、それはよいかもしれませんな」

洗蔵は円太とともに江上栄之進、浅香市作を薩摩に派遣することにした。すぐさまふたりを呼び寄せた。夜遅くなって、江上と浅香は洗蔵の屋敷にやってきた。円太とともに待ち受けた洗蔵が、

「殿の参勤交代を止めるため、薩摩藩を動かすのだ」

と切り出すと、色黒でがっちりとした体つきの江上は、目を閉じて、

――薩摩ですか
とつぶやいたが、やがて瞼をあげてうなずいた。

「わかりました。行きましょう」

細面で痩せた浅香が手をあげた。

「わたしも行くぞ」

洗蔵は深くうなずいてから浅香に訊いた。

「お主は体が丈夫ではない。遠国への旅は辛かろうが行ってくれるか」

「なんの。円太と栄之進はまだ部屋住みの身分だ。馬廻組百石の当主であるわたしが行かなければ薩摩で相手にされないだろう」

青白い顔の浅香は笑みを浮かべて言った。決死の思いで同行するつもりのようだ。

「すまぬが、頼む」

洗蔵はふたりに頭を下げた。

五日後、三人は藩庁に薩摩藩の知友を訪ねると届け出たうえで出発した。

病身の浅香は駕籠（かご）や馬を使い、七日をかけて薩摩に入った。薩摩の空は抜けるように青かったが、桜島（さくらじま）から降る灰に息苦しい思いがした。円太たちは期待してかねて知っている薩摩藩士を訪ね歩いた。だが、薩摩の情勢は思いがけなく厳しかった。

桜島から噴き上げた灰が積もる道を歩いて訪ねた尊攘派の薩摩藩士は一様に暗い顔で答えた。

「申し訳なかことでごわんど、今は動けもはん」

このころ薩摩尊攘派の領袖（りょうしゅう）西郷吉之助（さいごうきちのすけ）（隆盛（たかもり））は幕府の追及から逃れて奄美（あまみ）大島に潜居していた。このため円太らを重役に紹介することができる尊攘派はいなかった。

しかも薩摩藩士は他国者には心を閉ざすところがある。眉（まゆ）が太く精悍（せいかん）な顔立ちの薩摩隼人（はやと）は無愛想でとりつくしまがなくこちらの望むことへの反応が返ってこなかった。

知る辺（べ）の薩摩藩士の家に厄介になりながら、円太らは相談したが、長嘆息が出るばかりだった。

「これは、だめだ」

円太はあきらめた。浅香と江上も無念そうに口をつぐんだ。

「時期が悪かったということだろう」

浅香は悄然として福岡に引き揚げることを提案した。円太もうなずかざるを得ない。

こうして薩摩と連携しようという策は虚しく破れ、三人は福岡へと戻った。

洗蔵は三人の報告を聞いて落胆するとともに、

「薩摩をあてにしたのが間違いだったか」

と自らの見込みの甘さを悔いた。

その後、筑前尊攘派の間では、参勤交代が行われれば、尊攘派は行列の前に立ちはだかり、実力で阻止するまでだ、という激論が噴出した。この事態に長溥は、洗蔵もこれをやむなしと考えるようになった。

「捨て置くわけにもいかぬ」

として、洗蔵の拝謁を許した。家臣に押し切られたという無念さが長溥の胸に残った。

謁見は八月十六日に行われた。すでに秋の気配が濃く、城内にもひやりとした空気が漂っていた。

洗蔵は磨き上げられた大廊下を通って大広間に入り、重役が居並ぶ中、大広間上段に面した中央に手をつかえて控えた。やがて小姓を従えて出座した長溥は洗蔵をしげしげと見つめた。

麻裃（あさかみしも）姿で平伏した洗蔵はやがて顔をあげた。眉が秀でて目が黒々としたととのった顔立ちだった。若白髪なのか、鬢（びん）のあたりにわずかに白いものが見える。

洗蔵は嘉永三年（一八五〇）、二十三歳の時に家督を継いだ。身分は馬廻百石だった。六年後の安政三年（一八五六）には玄界灘（げんかいなだ）の大島定番という閑職を命じられている。過激な尊皇思想を警戒されたためだ。

洗蔵は手をつかえて言上した。

「ただいま、天下の形勢は尊皇にこそあります。さすれば江戸参府はご無用のことにて、むしろ、国許にて力を養われることこそが、肝要かと存じ上げ奉ります。されど、いまもってさようなるお家の方策が表されませぬのは、ひとえにお傍に仕えるご重役方の怠慢と申さねばなりません」

家老立花弾正の顔色がすっと変わった。重役の怠慢と言上するのは、弾正を名指しで非難したのと同様だった。洗蔵はなおも言葉を継いだ。

「わが藩において桜田騒動に似たことが起き、さらには大塩平八郎（おおしおへいはちろう）の如き企てをいたす者が出るやもいたしませんぞ」

藩の重職が斬奸（ざんかん）されるかもしれない、と露骨に言ったことになる。長溥の顔に一瞬、不快そうな表情が過った。しかし、長溥は懸命に自分を抑えた。洗蔵が激語するであろうことは、予想していたことだ。

これほどまであからさまに重臣を攻撃するとは思わなかったが、意見を述べることを許した以上、ことさらに退けては、藩主としての見識を疑われる。しかし、家臣たちの間には重苦しい空気が流れた。長溥は無理に微笑を浮かべて、

「そなたの申すことは、過激にすぎるようにも聞こえるが、藩を思うあまりのことであろう。わしはその方の胸中にあるものにこそ耳を傾けたいと思うぞ」

と穏やかな口調で言った。すると、何かに憑かれているかのように、猛々しかった洗蔵の表情がやわらいだ。長溥が洗蔵の意見に理解を示したと思ったのだ。

洗蔵は後にこの拝謁について、自作の漢詩で、

決然として君前に進み、涙を揮って胸臆を叩く

としている。洗蔵の胸にはあふれるものがあった。頬が紅潮し、声にさらに力が籠った。述べたのは尊皇の大義と攘夷の必要性だった。

長溥は黙って聞くばかりで何も言わない。

尊皇については、この時代の読書人の常識であり、異論のあることではない。さらに言えば攘夷についても、夷敵を打ち払いたいというのは、多くの武士の願望だった。長溥は黙って聞き入る。洗蔵の熱弁はなおも続いた。主張したのは、

「天朝は天下の君である。幕府は諸侯とともにその臣である」

ということだった。これほどの幕府軽視が、外様大名の家中で堂々と述べられたことはかつての藩では考えられないことだった。長溥の教養からすれば、洗蔵の意見は取るに足らない。

鎌倉幕府以降、武家は朝廷の権威に抗して天下の権を握ってきた。それによって天下も治まってきた。そうであるのに、現実を無視して古に戻せというのは、単なる暴論でしかない。しかし、外国による圧迫が高まる中、この暴論が正論としてまかり通ろうとしている。そのことを無視するわけにはいかなかった。やがて、長溥はたまりかねたように言った。

「方今の事件、ただ勅命に従うのみ」

あっと声にならぬ声をあげて、洗蔵は平伏した。洗蔵の額から汗が滴った。長溥が尊攘派の意見を容れ、幕府に対抗し、尊皇攘夷に尽くすことを明言した、と思った。

しかし実は長溥の胸にあったのは洗蔵たちを慰撫したうえで、江戸参府を一日でも早

く果たそうという心積りだった。だが、洗蔵は感激のあまり肩を震わせ涙を堪えていた。長溥はちらりと立花弾正に目を走らせてから立ち上がった。これ以上、洗蔵に言質を与えてはまずい、と思った。

弾正は退出する長溥に手をつかえたが、表情には冴えないものがあった。長溥が、「勅命に従う」と洗蔵に言い切ったことが不安だった。尊攘派が沈静化するどころか、かえって過激な行動に出るのではないかと危ぶんだのだ。その場合、槍玉にあがるのは弾正に違いない。

弾正は身の危険を感じていた。

十四歳だった潔は、この日、中底井野村から福岡に来ていた。父の用事で藩校修猷館を訪ねたのだ。濠端の道筋で下城してきた洗蔵を見かけた潔は駆け寄った。道は乾き、風が吹いて土煙を上げていた。濠からは水の匂いが立ち昇っている。

洗蔵が藩主に意見具申を許されたことを潔は聞いていた。その結果がどうだったのか訊きたかったのだ。

「洗蔵さん――」

洗蔵は立ち止まって潔を振り向いた。緊張が続いたためか洗蔵の額は白く浮き出ているように見えた。目は鋭いが何か考え事をしていて、潔の顔をすぐにはとらえなかった。やがて、ゆっくりと潔を見定めると、おおっ、と唸るような声で答えた。

「きょう拝謁されましたか？」

うむ、と洗蔵はうなずき、従兄弟を見る目に明るい輝きが宿った。潔はさらに勢い込んで訊いた。

「洗蔵さんの進言を、殿はお聞きとどけくださいましたか」

「お城での話を、かような道筋で話すわけにはいかん。聞きたければ、後で屋敷に来い」

「はい」

潔は嬉しくなった。洗蔵は拝謁して意見を述べることができたのだ、とわかった。

洗蔵の屋敷は福岡城の西南、山手の花谷というところにある。

尊攘派の者たちが足しげく訪れた屋敷だ。しかし、洗蔵が大島定番を命じられると訪ねる者の影もなくなった。これまで藩内で危険視され、遠ざけられていた尊攘派にようやく日が当ろうとしているのだ。

そのことが洗蔵の口振りからもうかがえた。洗蔵は立ち去ろうとしたが、ふと、振り向いた。

「詳しい話はいずれするが、わしらはこれから何事にも身命を賭してかからねばならぬ、と思っている。それゆえ、わしの身に今後、何が起ころうとも案じるな。すべては望んでしたことなのだからな」

洗蔵は透き通った笑みを浮かべると背を向けて去っていった。潔にとって洗蔵は親戚の中でも憧れのひとだった。強固な意志を持ち、潔い進退を武士として見習いたいと思っていた。それだけに背を向けて歩き去った洗蔵に光が差すことを願わずにはいられなかった。

洗蔵の背に向かって頭を下げた潔だったが、この日は洗蔵の屋敷に行くことはできなかった。父の健から、

「洗蔵はいま難しい立場におる。無暗に若い者が洗蔵のもとに出入りしない方がいいだろう」

と止められていたからだ。潔は残念だったが、父の言いつけに従った。

藩内では、異常なほど緊張が高まっている。洗蔵の拝謁が許されたからといって藩の方針が変わったわけではない。意見を述べさせたのは、参勤交代を中止させようとする洗蔵たちをなだめるためであったことは明らかだ。中底井野村の〈迎旭堂〉に戻った潔が、

「洗蔵さんの志はかなうでしょうか」

と訊くと、健は不安げに眉をひそめた。

「かなって欲しいが、なにせ、お殿様は賢君だけに、ご自分の考えを家臣の言葉で変えることをなされるかどうかわからん」

健の言葉には憂慮があった。


洗蔵はその後、立花弾正の家老解任を長溥に願い出た。

尊攘派で藩政を握ろうという狙いだった。しかし、これに対して長溥はにべもなかった。

「ならぬ」

と言い切っただけだった。長溥はこのころから、尊攘派の慰撫を断念する意向に傾き始めていた。長溥は御座所に下がった後、弾正を呼んだ。

弾正はほっとした表情で手をつかえ、

「月形の申し条を退けていただきありがたく存じます」

と言った。長溥は不快気な表情を浮かべた。

「月形め、意見を徴してやれば、たちまち、図にのりおる」

弾正は顔をあげて長溥をうかがい見た。

「それが彼の者の性根でございます。まことに主君を主君と思わず、ほしいままに振る舞いまする」

「たしかにそのようだな、増長させてしまったかもしれぬ」

長溥が省みて言うと弾正は膝を乗り出した。

「されば、いずれ鉄槌を加えねばならぬと存じます」

苦々しげに黙って長溥は答えなかったが、その様子からは尊攘派への警戒心を高めたことがうかがい知れた。弾正は深々とうなずき、それ以上のことは言わなかった。

弾正の危惧する所を長溥は十分に理解したと思ったのだ。

洗蔵の拝謁からおよそ二カ月後の十月二十二日、藩では参勤交代の出立を十一月十八日と決めた。洗蔵たち尊攘派は猛反発した。

「すべては立花弾正の頑迷によるものだ」

激しく言い募ったのは円太だった。

「君側の奸をのぞかねばならん」

筑紫衛が腕を撫して言葉を荒らげた。洗蔵たちは激論をかわすうち、弾正を斬ろうという意見が大勢をしめた。この動きはすぐに藩の察知するところとなった。

弾正は青ざめた顔で長溥に言上した。

「さようか」

長溥はしばらく沈思していたが、やがてため息をついて、断を下した。

「やむを得ぬ。月形らには謹慎を命じよう」

「されど、それでおとなしくなりましょうや」

弾正は目を鋭くして言った。

「主君が命じれば、奉じるのが家臣の道であろう。抗うようであれば、口に忠義を唱えても真は逆臣である」

長溥は激しい口調で言い切った。

藩士が藩の方針についての意見を主君の前で開陳するなど薩摩ではありえないことだった。まして参勤交代の足止めを図り、さらに家老の暗殺すら企てようとするとは、長溥にとって、洗蔵は類まれな悪臣でしかない。


十一月十四日――

長溥は洗蔵始め尊攘派の主だった藩士に謹慎を命じた。洗蔵は中老毛利内記のお預けとなり、さらに累は親族におよんだ。父深蔵、叔父健、弟覚がいずれも閉門謹慎を命じられた。

翌文久元年（一八六一）四月に帰国した長溥は、洗蔵を中老立花吉右衛門の領地である御笠郡通古賀村に幽閉したほか、薩摩に潜入した円太を小呂島、江上栄之進を姫島、浅香市作を玄海島にそれぞれ流罪とした。

筑前勤皇党は大きな打撃を受けた。後に、

——辛酉の獄

と呼ばれた尊攘派への弾圧だった。洗蔵たちが幽閉、流罪になった時、潔の父健も閉門謹慎の身となった。門に青竹を組んで、ひとの出入りが禁じられた。健は屋敷に籠り静かに過ごしたが、日を追うごとにやつれていったのは深蔵だった。

なにより尊皇攘夷は深蔵の主張であり、その薫陶を受けた洗蔵始め筑前尊攘派のひとびとが幽閉、流罪となったことは深蔵の心身を苦しめた。

深蔵は辛酉の獄から一年後、文久二年四月に病死した。病床にあって、この年一月江戸城坂下門で老中安藤信正が水戸浪士に襲われたいわゆる〈坂下門外の変〉について、訪れた門弟たちに語り、

「かの義士たちのごとく、一身を擲て」

と訴えた。深蔵の急逝を知った洗蔵は深く悲しみ、終日、号泣した。その悲嘆ぶりに獄吏ももらい泣きした。

洗蔵は獄中で亡父を思い、「正気ノ歌ニ倣ウ」と題する詩を作った。南宋の忠臣文天祥の「正気歌」にちなんだものだ。この詩に父を失った悲しみをこめ、

戦を決し剣戟を奮い驕夷たちまち胆落、東洋に虜船を絶たん

と詠じた。攘夷戦へのゆるがぬ決意が、奔流のようにあふれていた。

二

洗蔵たちが幽閉、流罪となってから二年が過ぎた。

文久三年（一八六三）五月。未明の馬関海峡に大砲の轟音が鳴り響いた。このころ朝廷は長州藩を中心とする尊攘派に掌握され、勢いに押された幕府は攘夷決行を約束していた。これを受けて長州藩は攘夷を実行した。

五月十一日午前一時のことだ。

闇の中で砲声はこだまし、門司、田の浦沖に停泊していたアメリカ商船は突然の砲撃に驚愕して抜錨すると豊後水道へ逃走した。

洗蔵が赦免されたのは、この砲撃からひと月たった六月だった。藩では尊攘派の勢いが留まることを知らないのに恐れをなしていた。洗蔵は赦免となったものの外出は許されなかった。それでも客が訪れることは禁じられていない。

潔は九月になって洗蔵を訪ねた。居室で書状を読んでいた洗蔵は、潔が来たことを知ると笑みを浮かべた。ひさしぶりに会う洗蔵は痩せて顔色が青白くなったものの、眼光は鋭く、精悍な風貌は変わらなかった。洗蔵は書状を畳むと苦笑を浮かべた。

「せっかく赦免になったものの、攘夷の道はまだまだ険しいようだ。暗夜に道を探すかのようだな」

洗蔵のつぶやくような言葉が潔の耳を打った。この日、潔が洗蔵を訪ねたのは、京での政変について訊きたかったからだ。

先月十八日、長州藩が京から追放される、いわゆる、

――文久の政変
が起きていた。京の尊攘派は天皇の大和行幸を機に一気に攘夷を行おうと目論んだ。これらの長州藩の独走を苦々しく思った薩摩藩は、会津藩と組んで政変を仕掛けたのだ。これによって長州藩は京政界から失脚し、全国の尊攘派も大打撃を受けることになる。

筑前尊攘派のうち中村円太は、赦免されると七月に脱藩して京に出た。

京で真木和泉や宮部鼎蔵、久坂玄瑞ら名だたる尊攘派の名士と面識を得た円太は昂揚していた。大和行幸に際して尊攘派が各藩から親兵を募ろうとすると、円太は率先して動いた。円太は福岡からも同志を募ろうと京から九州に戻ろうとした。しかし、九州に入る直前、三田尻で八月十八日の政変を知った。円太は切歯扼腕した。

「なんということだ。せっかく攘夷が敢行できるという矢先ではないか」

だが、憤っても事態は変わらない。円太は、政変で京から長州に落ち延びた三条実美ら尊攘派の公家七人に随従することになった。

洗蔵が読んでいたのは、そんな円太からの手紙だった。円太は福岡の尊攘派同志に手紙を送りつけて、

「いまや脱藩し、義軍に加わるべき時だ」

と火のように扇動していた。潔は手紙の内容を聞いて緊張した。

「では、洗蔵さんは脱藩されるつもりですか」

洗蔵はしばらく考えたが、やがて首を横に振った。潔はほっとした。洗蔵が脱藩すれば、また一族に閉門謹慎の処分が下るのだ。だが、洗蔵はなぜ脱藩しないのだろう、とも思った。洗蔵のかねてからの主張に従えば、藩を脱して尊攘派の志士として働くのが当然なのではないか。

「洗蔵さんが脱藩されないのはなぜでしょうか」

潔は恐る恐る訊いた。洗蔵はじっと目を据えて考え込んだが、やがて口を開いた。

「いま、時勢は激動している。円太のようにその渦中に身を投じるのは痛快だ。しかし、ひとには役割があるようにわしは思う。ひと目につく目立つ場所で働くことだけが、尊攘の志を果たすことではない」

「と言われますと」

潔には洗蔵の言うことがいまひとつわからない。洗蔵はおもむろに説明した。

「長州に赴けば、長州の意向に沿って働かなければならなくなる。だが、それではよくない。長州が京を追放されたのは、あまりに独走しすぎたからだ。そのような長州を糺そうとする者がおらねば尊皇の義挙も行えぬ」

潔は息を詰めて洗蔵の言葉を聞いた。

「だから、わしは長州には行かぬ。福岡にいることで、長州を助けることができるのではないかと考えている」

洗蔵の言葉には熟慮した後の落ち着きがあった。

(二年前の洗蔵さんとは違う)

と潔は感心した。二年間の幽閉生活の間に洗蔵は人柄に重みを加えたようだ。洗蔵はさりげなく話柄を変えた。

「その昔、神功皇后様が征韓の船を出されたおりの先導神は月神であったということを知っているか」

「知りません」

潔は知らないことを恥かしく思いながら頭を振った。

「記紀に記されている話だ」

神功皇后については『古事記』、『日本書紀』に記述がある。仲哀天皇の皇后で、熊襲を討つため仲哀天皇とともに筑紫に巡幸した。この際、西の国を与えようという天照大神、住吉三神の託宣が神功皇后に下った。しかし、仲哀天皇はこれを信じずに急死した。

神功皇后は、臨月であったにもかかわらず海を渡って新羅を討ち、帰国後、筑紫の宇美で応神天皇を出産、さらに大和に戻ると反乱を鎮定したという。

「神功皇后様が、海を渡ろうとした時、月神が先導されたのだ。月神は筑後の高良玉垂神社の祭神だそうな」

洗蔵は嚙み砕いて教えるように言った。潔は目を瞠って聞く。

「夜明け前の月はあたかも日を先導しているように見える。つまるところ日神を先導するのが月神だ。この話を知った時、わしら月形家の者は夜明けとともに昇る陽を先導する月でなければならんと思った」

「その通りです」

洗蔵の話に潔は頬を紅潮させた。夜明けを先導する月になろうという洗蔵の気迫が伝わってきた。

「わしもそなたも、そんな月にならねばな」

洗蔵は微笑んで言った。

文久三年十月――

「円太が逃げたぞ」

暗闇で怒鳴り声がした。山陽道の室積港でのことだ。円太は港に停泊していた船から猿のように岸壁に飛び下りた。

長州藩ではこの港に瀬戸内海側の年貢米の売りさばきを行う撫育方会所を置いており、北前船など藩内外の多くの船が出入りしていた。

円太は文久の政変後、長州に潜んでいたが九月末に福岡藩の世子長知が上洛すると聞きつけて馬関で待ち受けた。

長州藩主、さらには京の尊皇攘夷派公家と会見させ、一挙に尊皇攘夷派に取りこもうと考えたのだ。しかし世子の側近たちにひそかに働きかけたが、誰もが迷惑そうな顔をするだけで、まともには応じなかった。

それでも脱藩者の円太が世子の近臣に働きかけができたのは、彼らも尊皇攘夷の動きが京の政局を動かしていることを知っていたからだ。一浪士とは言え、高名な志士たちと面識がある円太を、どうあつかうべきなのか近臣らは困惑していた。

円太は説得をあきらめず、世子の行列に後からついて旅をして京に入った。しかしこのころ京では新撰組などによる尊攘派浪士狩りが行われていた。幕府の役人の追及の手は円太におよび、遂に居場所を突きとめられた。

　幕府は福岡藩に円太の捕縛を命じた。これを受けて藩ではすぐさま潜伏場所に急行して円太を捕らえた。その後、取り立てて調べも行わず、三十人の護衛をつけて船で福岡へ護送した。途次、風が強くなり、室積港に寄ったところ、円太は深夜になって脱走したのだ。

「逃がすな」

　護送の役人たちは必死になって後を追った。室積港は坂が多い。

　円太は暗闇の中を十町ほど必死で走った。だが、見知らぬ土地だけに道がわからない。息を切らし、汗だくになりながら道を探してなおも走ったが、迷ううちに護送役人に追いつかれた。円太は野獣のように追い詰められた。

「神妙にいたせ、円太」

　一斉に五、六人の役人に円太は押さえつけられた。放せ、と怒鳴りながら、もがき暴れても逃れることはできなかった。船に連れ戻された円太は逃亡を防ぐため両手、両足を縛りあげられたうえ、船倉に放り込まれた。

「ここから出せ。わしは天朝様のおために働くのだ。九州に戻っておる暇などない」

　円太のわめき声は船倉から響いたが、護送する役人たちは苦い顔をするばかりだった。

船倉で横になった円太は、しばらくして口をつぐんだ。

福岡に戻ればよくて流罪、悪くすれば切腹か斬罪かもしれない。そうなれば、もはや尊皇攘夷の志は虚しくなる。藩を飛び出してから、かつてない天地を知っただけに無念だった。

(必ず逃げ出してやる)

暗闇の中で円太は目を光らせた。

この時期、洗蔵は憂慮を深めていた。円太が福岡に連れ戻されたことは筑前尊攘派に火をつけ、

「なんとしても円太を救い出せ。さらには藩の俗論連中を一掃するのだ」

と激論が飛び交っていた。藩の重役である家老浦上数馬や納戸役久野将監、宗旨奉行の牧市内は、俗論派の巨魁だった。この三人を抹殺すれば藩は尊攘派の天下になるのではないか。そんな思惑が広がっていた。これに対して、洗蔵は、

「同じ藩内で殺し合っては、何にもならぬ」

と軽挙妄動を戒めた。筑紫衛や江上栄之進らかねてからの同志が過激化していくのに対し、洗蔵は考えるところが深くなっていた。

(暗殺では藩論をまとめることはできない、なにより、暗い手段をとれば、人心が尊

皇攘夷派から離れていく）
洗蔵は自宅を訪れて激論を吐く筑紫衛にそのことを説いた。衛は洗蔵の言葉を黙って聞いていたが、やがてかっと目を見開いた。後に衛は藩に追われるが、その際に配られた人相書によると、

一、顔少し赤ミ持ち、おとがい細キ方
一、眉（まゆ）濃く、眼中するどき方
一、鼻筋も一体骨細ニ而（て）小がらニ有之（これあり）、髪薄キ方
一、歳三十計（ばかり）

という顔と体つきだった。その鋭い目つきで洗蔵を見ながら食いつくような勢いで言った。

「月形さん、今は何もするな、というのは無理だ。尊皇攘夷派は長州が京から追放されたことで焦っている。わしらも何事かせねばならん」

洗蔵はため息をついた。

「それはならん、と言っているのがわからんのか」

「いくら言っても、わしらを止めることはできませんぞ」

衛は激昂して言うと辞去していった。後姿に熱っぽい空気がまとわりついているように見えた。

洗蔵は衛が去った後、しばらく腕組みをして考えこんだ。いまや狂風のように尊攘派の動きは激しくなろうとしていた。

この動きは止めることができそうにない。洗蔵自身、〈辛酉の獄〉から釈放されたばかりで外出することも禁じられている身の上だった。同志たちの暴走を案じつつも動けないのだ。

(行くところまで行くしかないのか)

洗蔵は目を閉じた。いつの間にか尊攘派の間には目的のためなら手段を選ばないという風潮が蔓延している。意見を異にする相手を殺戮して快哉を叫ぶようになっていた。

すでに初冬の気配が濃くなっていた。洗蔵は尊攘派の熱狂の中で孤独を深めていた。庭先から障子に吹きつける風も冷え冷えとしてきている。

五ヵ月が過ぎた。筑前尊攘派のうちでも過激に走った者たちは、勤皇の尼僧として知られる野村望東尼の平尾山荘に集まり、謀議を練った。

望東尼は馬廻役四百十三石野村貞貫の妻で名をもとといったが、安政六年（一八五九）、五十四歳の時に夫に先立たれると髪を下ろし、尼となった。

若いころの望東尼の逸話は藩内でも知られていた。

望東尼の生家である浦野家の祖先は近江浅井家に仕えていたが、浅井家滅亡後、諸国を流浪し、豊前中津にたどりついた際、城主黒田長政に家伝の水牛の兜を献上して気に入られ召し抱えられた。

浦野家では藩主に献上したものを模した水牛の兜を代々、伝えてきたが、ある時、火事で焼けてしまった。同じ水牛の兜を作るため献上した兜を拝見したいと願ったところ、藩主黒田斉隆は、藩主と同じ兜では戦のおりにかぶることができないだろうから、と新調した水牛の兜を下賜した。

この兜を浦野家では名誉として、大切にしていたが、ある時、また火事にあった。このおり十三、四歳だった望東尼は家老の屋敷に行儀見習いに出ており急いで実家に戻ると、家族にまず、

「水牛の兜はいかになりましたか」

と訊いたという。藩内ではまだ少女の身で真っ先に兜を気遣うとは武士の娘としてあっぱれだ、という評判が立った。

福岡藩家中でも知られた才女だった。大隈言道に師事して和歌の道を進んだが、尼になって二年後、京に上り、公家や歌人と交際する中で政局への見聞を広めるとともに尊皇の志を抱くようになった。

福岡藩の勤皇の志士として知られる平野國臣とも親しく交わり、志士仲間に勤皇尼として望東尼の名は広まっていた。望東尼の住む平尾山荘は志士たちにとって密議や潜伏の場所となっていた。集まった者は筑紫衛や江上栄之進始め十数人におよんだ。

尊攘派にとって朗報だったのは、この謀議に円太が押し込められている枡木屋獄の獄吏である小藤平蔵が加わったことだ。

枡木屋獄は、海岸沿いにあり、かつて枡奉行が職人を集めて枡を作った地であることから、その名がついたという。

敷地の周囲には練塀が巡らされ、獄舎のほか取調所、拷問所や牢奉行の役宅などがあった。平蔵は軽格だったが、かねてから尊皇攘夷の志を抱いており、獄に囚われた円太を救出することを自らの使命だと感じていた。

元治元年(一八六四)三月二十四日未明——

宗旨奉行の牧市内が、地行の屋敷に戻ろうとしたところに、近くの麦畑からふたつの影が飛びだしてきた。ひとりは赤い合羽を着ており、もうひとりは蓑笠姿だった。

「何者だ——」

市内が怒鳴った時には、ふたりはぶつかるようにして斬りつけてきた。肉が斬られる鈍い音がして市内は倒れた。斬ったふたりはそのまま逃げた。路上に市内の遺骸が残された。

翌日、城の黒門に市内の罪状をあげた斬奸状が貼りつけられた。市内は百五十石の身分で財政通の能吏として知られる人物だった。

市内が尊攘派によって暗殺されたことは藩内に衝撃を与えた。市内を斬ったのは足軽の吉田太郎と神官の中原出羽だった。

藩主長溥は激怒して探索を命じたが、ふたりは筑紫衛が用意した逃走路によって対馬藩の怡土郡吉井村まで逃げ、尊攘派の手で匿われた。衛たちは市内を暗殺した日の夜、平尾山荘に集まった。円太を獄から脱出させるためだった。決行の前に酒になった。伊丹真一郎が、目を据えて、

「今朝は地行の浜で奸物牧市内の肉を料理した。追っつけ、その肉の一片を拾い、壮行の酒肴としたい」

と酔った声を高くした。獰猛とも言える言葉に一座の者たちは、異常な興奮に陥った。尊攘派は、自らが正義と信じて剣を振るうことに、酔いに似たものを感じるようになっていた。

「いかにも、そうだ」

「この上は円太を救い出し、俗論の者どもの胆を冷やしてやろう」

真っ赤な顔をして男たちが興奮した。一座には今夜の救出を担う小藤平蔵と円太の実弟中村恒次郎がいた。平蔵は沈毅な表情で杯を重ねていた。一座の者たちが円太を破獄させるという興奮の中にいるのに比べ、平蔵は冷静だった。獄吏でありながら囚人を脱獄させる以上、もはや脱藩するしかないと覚悟を定めていた。二十六歳になるが、これから、まったく未知の生涯に飛び込むのだ、という静かな昂りが胸の内にあった。

夜半になって、男たちは三々五々に分かれて平尾山荘を出発した。暗い夜道を駆けるようにして町中を抜け、竹藪の中で集合した。破獄させる部署を振り当てようとしたが、議論百出でなかなかまとまらない。すでに夜明けも近くなっただけに、中のひとりが、

「今夜やらんでどうする。時期を失ってしまうぞ」

と怒鳴って駆け出した。これにつられて他の者も走った。枡木屋獄の門扉は閉ざされていたが、平蔵は獄吏だけに、

「佐田藤三郎はいるか」

と、この夜、当直だった同役の名を呼んで、門番に開けさせた。門番は夜中に平蔵

が来たことを訝しみながらも黙って通した。すると同時に数人の男たちが門内に入り込んだ。

「なんだ。お前らは――」

叫んだ門番は息を呑んだ。男のひとりから白刃を突きつけられていた。

門番がそれ以上、声をあげられないでいるうちに、平蔵たちは獄舎に入ると、抜刀して当直の番士を脅した。この時、平蔵は顔も隠さず、

「われらは三条公の命により円太を救いに来た」

と告げた。番士は平蔵の落ち着いた様子に却って恐怖を覚え、鍵を差し出した。鍵を持った平蔵は牢へと向かった。獄舎には、さらに三人の番士がいたが、平蔵たちは素早く白刃で脅して制圧した。平蔵は牢の扉を開けると、

「中村君よ、円太君よ。今夜、われわれは足下の厄難を救うために参った。いざ出獄し給え」

と声高に言った。さすがに顔に興奮の色が見えた。牢内で壁に寄りかかっていた円太は、おおっ、とうめいて喜色を浮かべたが、這おうとするだけで思うように動けない。五カ月入牢している間に足腰が弱っていたのだ。

「兄上――」

恒次郎が声をかけて円太を背負った。そのまわりを平蔵たちが固めて獄舎から走り

出た。一陣の魔風のような脱獄だった。この時、平蔵は獄舎の大目付あてに、

「七卿より信頼を得ている中村円太を牢居させるべきではない」

とする署名と花押入りの口上書を残した。

——円太儀牢中より誘ひ出し、一時遠国へ立退き申候

獄吏が囚人を破獄させることを自ら名のって堂々と宣言する、という前代未聞の口上書だった。藩ではただちに円太を捕縛するため領内の街道筋を警戒した。逃亡先は長州しかないと見て、海上も捜索したが、行方は杳として知れなかった。

円太と平蔵、恒次郎は、福岡城下に三日間潜伏した後、対馬藩の飛び地である肥前田代に逃れた。ここにも藩の追及の手が伸びると長崎に向かった。

おりよく長州藩士小田村文助に出会い、長崎から船で馬関に向かうことを勧められたからだ。長崎からの船は小田村が三十両を出して用意してくれた。

一昼夜かけて馬関に着いた円太と平蔵、恒次郎が同行した対馬藩士に案内されて入った宿屋には長州藩の桂小五郎がいた。

円太とは旧知の小五郎は夜分にも拘わらず、起き出して、

「よく危難を脱出された」

と再会を喜んだ。円太の目から涙があふれた。窮地を脱したのだという喜びが胸にこみ上げていた。

三

円太が脱獄したと聞いて潔はなぜかしら落ち着かない気持になった。

（破獄などあまりに無法ではあるまいか）

投獄されたことへの憤懣はわかるが、獄中での苦しみに耐えて自らの赤誠を表すという道もある気がする。現に洗蔵はそうやって幽閉の身を過ごしてきた。

洗蔵の清冽な生き様がひとの心を動かしてきたのではないか。しかし、尊攘派は過激に走り、要人の暗殺や脱獄すらためらわぬようになっていた。

いずれも尊皇攘夷の大義のために行われるのだとわかっていても、殺人は殺人であり、無法の行いはやはり無法なのではないか。

尊攘派の志士たちは艱難に堪えて乗り越えるよりも容易く暴発するようになっているのではないかという恐れに似た思いが潔の胸に湧いていた。しかし、このような思いは平穏な暮らしを望むあまりの臆病から来るのかもしれないと思ってひそかに恥じた。

尊皇のためなら一身を擲ち、捕吏に追われることを恐れない豪胆さこそ志士の証ではないか。そう考えつつも怯える気持が消えない。たまりかねた潔は暑い日差しの中、洗蔵を訪ねた。

潔の顔を見た妹の梅子は、ほっとした表情で、

「兄上は書斎です」

と親戚らしい気軽な口調で言った。

「会えるでしょうか」

潔がうかがうように言うと、梅子はにこりとした。

「もちろんです。いま、知らせてきます」

そう言って梅子が背を向け、奥に向かったとき、潔は不意にいい香りを嗅いだ。梅子の匂いのようだ、と思って潔はなんとなく顔を赤らめた。梅子はすぐに戻ってくると、

——どうぞ

と言ってうなずいた。潔があがって奥の書斎に入ると、『資治通鑑』を読みふけっていた洗蔵はさりげなく振り向いた。

洗蔵の顔には心なしか陰りがあるように潔には思えた。時候の挨拶をしている間に梅子が茶を持ってきて去ると、潔は口を開いた。

「中村様の破獄の一件ですが」

おそるおそる言い出すと、洗蔵は、しっ、と叱って、あたりをうかがった。声をひそめて、

「円太の名を口にしてはならん」

と告げた。潔はうなずいてから、

「わたしは何とのう、得心が参らぬのです」

「何事が納得できぬのだ」

洗蔵は鋭い目になった。

「世間では尊攘派を夜盗のごとき者たちである、と言い触らす輩がおります。わたしは洗蔵さんを始め、尊攘派の皆様を存じておりますゆえ、さようなことはいささかも思って参りませんでした。しかし、此度は獄を破って恥じざるどころか、むしろ快とされておるように思えて合点が参りませぬ」

潔は緊張で青ざめた顔をして言った。

「それはどういうことだ」

静かに潔の目を見つめながら洗蔵は問うた。

「法は法でありましょう。やむを得ず、それを破るにしても謙虚であるべきかと存じます。赤穂義士は天下の法を破って吉良上野介を討ちましたが、その後は神妙にいた

して切腹いたしました。仮にも法を侮るが如き振舞いはありませんでした。それが義士たるゆえんではないでしょうか」

口ごもりながら潔が言うと洗蔵はかすかにため息をついた。

「潔もそう思うか。わたしもかねてから案じていることではある」

「洗蔵さんもそうなのですか」

潔ははっとして洗蔵の顔を見た。

「志士は皆、命を捨てて大義をなそうとしている。それだけにまわりを見下し、傲慢(ごうまん)になるところがある。命を捨てようとしているおのれほど偉い者はいないように思い、行く手を阻む者に憎悪をたぎらせるのだ」

「それでよいのでしょうか」

潔が重ねて訊(き)くと、洗蔵は眉根(まゆね)を寄せてしばらく考えた後、

「よくはないと思う、しかし、そのことをいまは言えぬ。獄中でおとなしくしておれ、と言えば、その者の志を奪うことになりかねぬ。法を守れというのは何もするなということに等しいのだからな」

と重々しい口調で答えた。

「では、やはりやむを得ぬことだと」

潔は肩を落とした。洗蔵なら迷いを払ってくれるのではないかと思ったが、かなえ

られなかった。

「案じる気持はわかるが、そのことを口外するな。もし、尊攘派の耳に入れば、わたしの従兄弟であろうとも斬られるぞ」

斬られるという洗蔵の言葉が無慈悲に潔の耳に響いた。大義のために身を捨てる男たちが、なぜそのように偏狭になってしまうのか。潔はあえぐように言った。

「志士とは何なのでしょう。わたしにはよくわかりません」

洗蔵は表情を引き締めてつぶやいた。

「志士とは灯りのない暗夜の道を自らの命を燃やす松明をかかげて行く者だ。だからこそ、われらは月となって行く道を照らさねばならぬ」

どこからか蟬の喧しい鳴き声が響いてくる。

長州藩が暴発して〈禁門の変〉を起こしたのは、円太が脱獄して間もなくの元治元年七月十八日のことだった。

〈文久の政変〉で京都政界から失脚した長州藩は、強硬論が台頭し、

――藩主の冤罪を帝に訴える

として兵を率いて上洛し、会津、桑名、薩摩の兵と激突して敗退した。このため長州藩は一転して朝敵とされ、長州尊攘派は壊滅的な打撃を受けた。

この時、福岡藩内の情勢は複雑になった。長州尊攘派の窮状とは逆に、尊攘派の用人加藤司書(かとうししょ)が農兵隊創設を担当することになり、尊攘派とつながる大音因幡(おおおといなば)、矢野梅庵(やのばいあん)が家老に就任した。

また、洗蔵は外出禁止を解かれ、七月二十六日には町方詮議掛兼吟味役(まちかたせんぎがかりけんぎんみやく)に就いた。さらに尊攘派の藩士が相次いで周旋方に登用された。

これらは藩主長溥の深謀から出たことだった。重役たちは尊攘派の登用に、こぞって反対したが、長溥は、

「わしに考えがある」

として重役の意見を退け、押し切った。長州情勢が緊迫する中、海外の情勢に通じた長溥は諸外国の脅威が迫る中、国内での戦を避けるべきだと考えていた。しかし、幕府は長州藩に対してあくまで強硬だった。長州追討を決めて、すでに三十六藩に出兵を命じていた。

内戦が広がることを危惧(きぐ)する長溥は、幕府と長州の間を周旋したかったが、藩内の保守派では長州に話をつけることができない。そこで洗蔵ら尊攘派を登用するという奇策に出たのだ。だが、藩内の保守派からの反発は強かった。

尊攘派はすでに牧市内を暗殺し、中村円太を破獄させるという過激行動に出ている。彼らを登用することは、

「毒を飲むに等しいことでございますぞ」

と長溥に訴えた。これに対し、長溥は、

「非常の場合だ。非常の措置もやむを得ない」

となだめた。

（もし、尊攘派が図に乗って過激化するようであれば、その時には考えがある）

というのが、長溥の腹の内であった。なによりも長溥は自信があった。海外の情勢に通じている者にとって攘夷などなし難いのは自明の理だった。

幕府のように外国に押し切られて開国をずるずると行っていくことは国益を損なうことでしかない。毅然たる態度で外国に対しなければならない。そのためには朝廷と幕府の一和、国内の統一を果たすべきだ、と長溥は考えている。

尊攘派のように、ただ狂騒するだけでは、実際の外交などできない、と見ていた。それだけに幕府が長州を征討する内戦など愚の骨頂だった。

（そのために藩内の尊攘派を使うのは、いわば毒を以て毒を制するのだ）

長溥は見識において自分は衆を抜きん出ていると思っている。

長溥には長溥の志があった。

家臣は自分に従い、道具となって動けばよいのだ、と考えていた。それだけに、尊攘派を率いる洗蔵の顔が脳裏に浮かぶと胸につかえがあるような心持ちになった。

(あの男は家臣でありながら自らの考えで動こうとする)

それが許せないが、いずれは洗蔵も自らの愚かさを知るだろう、と思って長溥はともすれば起きがちな洗蔵への苛立ちをなだめた。

同時に主君である自分がなぜここまで我慢しなければならないのか、という苦い思いが湧いていた。

福岡藩が長州に使者を派遣して〈長州周旋〉に乗り出したのは十月からだった。

直前の八月に長州は、外国船砲撃に報復する四ヵ国連合艦隊の砲火を浴びていた。上陸した四ヵ国連合軍の陸戦隊に砲台を占拠されるなど、屈辱的な敗北を喫して、ようやく講和したばかりだ。

〈禁門の変〉で敗れ、さらに四ヵ国連合艦隊から砲撃を受けて、長州は言わば瀕死の状態にあった。弱り切った長州に対し幕府の征討軍による包囲が始まろうとしていた。

「長州への周旋など無駄でありましょう」

洗蔵も出席した福岡藩での会議でも長溥の〈長州周旋〉方針に対し、疑義を唱える声が保守派から相次いだ。さらに、

「これ以上、長州に関われば幕府から無用の疑いを受けることになりますぞ」

と懸念する者もいた。長州に味方していると幕府から見なされれば、どのような咎

めを受けるかわからない。そのことが誰の胸にも重くのしかかった。

そんな会議の空気を破るかのように洗蔵は発言した。

「このたびの〈長州周旋〉は決して私心から出たことではござらん」

麻の裃姿で蟄居生活の苦労もうかがわせないほど、精気に満ちた様子だった。洗蔵の張りのある声は会議の席上によく通った。

「天朝、幕府のことを思う深意によるものでありますぞ」

洗蔵は並み居る重役たちに鋭い視線を向けた。

「とは言うが、幕府に睨まれては取り返しがつかんぞ」

重役のひとりが苦々しげに言った。洗蔵が会議で発言すること自体を不快に思っているのだ。洗蔵は言葉を発した重役を睨みつけた。

「もし、幕府の疑いを受け、征討軍が筑前にまで押し寄せるというのなら、君臣ともに城を枕に討ち死にいたしても、決して恥じることではありませんぞ」

声を励ましていう洗蔵の気迫に保守派の重臣たちも慄然として押し黙るしかなかった。沈黙が続けば続くほど、保守派には敗北感が広まった。

(これで、思い通りに動くことができる)

洗蔵はひそかに安堵した。長州尊攘派の存亡の危機に働く場が与えられたことを洗蔵は、素直に喜んでいた。尊攘派の過激な行動は時代の突破口を開いた。ここから、次の時代へと歩み出していかねばならない、と洗蔵は思っていた。

洗蔵が願っているのは、薩摩と長州の和解だった。もともと薩摩と長州に対する期待が洗蔵にはあった。薩摩と会津が組んで仕掛けた〈文久の政変〉で、長州が京を追われた直後に藩内のひとびとにあてた意見書で、

――方今各国の情態、実に尊皇攘夷相謀り候儀は、遠国は存ぜず、近国にては薩長二藩のほか承り申さず

と述べている。同じころ筑前尊攘派の同志で医師の早川勇が洗蔵を訪れて、薩長を和解させるべきだと論じた時も、

「その調和策は実に善い」

と膝を叩いて賛同した。その後も洗蔵は、薩長和解策について同志と話し合ってきたが、

「薩長の対立は深まるばかりで、和解など不可能だ」

と悲観する見方が大半だった。しかし、洗蔵だけは、

「ここまで仲が悪くなれば、後はよくなるしかない。却ってやりやすくなるかもしれぬ」

と希望を捨てていなかった。

藩に登用され、活躍の場を与えられた洗蔵は〈長州周旋〉こそ、薩長和解へいたる道筋だと考えていた。

洗蔵の発言を聞いた長溥は複雑な思いだった。長州が四ヵ国連合艦隊から攻撃を受けたことで長溥は、より外国勢力の脅威を感じて〈長州周旋〉の政治方針に確信を深めた。

そして〈長州周旋〉をやり遂げるためには長州尊攘派とのつながりを持つ洗蔵たちを利用するしかなかった。だが、それが成功した後の洗蔵たちが目指しているものと、長溥の考えは大きく違っている。幕府の征討を受けて、

「君臣ともに城を枕に討ち死にする」

などということは、長溥の念頭にはなかった。同じ政治工作を行おうとしても長溥と洗蔵の間の溝は、深まるばかりだった。

（はたして、この男を登用して良かったのか）

長溥の胸中には黒い蟠（わだかま）りがあった。

このころ京に派遣した藩士の喜多岡勇平（きたおかゆうへい）から長溥のもとに耳よりな情報が伝えられた。薩摩藩がそれまでの長州への強硬姿勢を軟化させつつあるというのだ。

この時期、薩摩を動かしているのは西郷吉之助である。島津の賢君として天下に知られた島津斉彬の腹心だった西郷は元治元年（一八六四）二月、二度目の流刑地沖永良部島から呼び戻された。

三月には上洛して京政界に復帰した西郷は七月の〈禁門の変〉では薩摩軍を指揮して長州軍を退けたものの、幕府の権威が回復していく事態を憂慮していた。長州に手を差し伸べる方策を西郷はひそかに探り始めていた。

（薩摩が長州征討に嫌気がさしているなら、〈長州周旋〉の脈はある）

島津家の出だけに長溥は薩摩の動きを読むことができた。

長溥は薩摩藩主島津重豪の九男で、西郷が仕えた斉彬の大叔父に当たる。長溥は斉彬より二歳年下で、重豪と斉彬、長溥はいずれも洋式技術の導入に熱心で蘭癖大名と言われたこともあって長溥は斉彬に親しみを抱いていた。

嘉永二年（一八四九）、斉彬の家督相続をめぐって薩摩藩で斉彬派を弾圧する〈お由羅騒動〉が起きた際、斉彬派の中から内情を長溥に訴えて援助を請おうという動きがあった。斉彬派の四人の藩士が脱藩して筑前へ入った。

薩摩藩では追手を派遣したが、長溥は四人を匿った。斉彬は薩摩藩主となって初めて薩摩に下る途中、筑前で長溥に会い、四人を庇護したことへの礼を述べた。

西郷にとって斉彬はいまも尊崇する主君であり、斉彬の家督相続に尽力した長溥に信頼を寄せているはずだった。このため長溥は薩摩に合わせて動けば事態の打開は可能だと見極めた。

「いまこそ、わが藩の出番だ」

長溥は家臣たちに意気込みを語った。

十月に長州へ相次いで使者を送って〈長州周旋〉を本格化させた。使者の一行には筑紫衛、早川勇ら札付きの尊攘派も加えられていた。だが、混乱の最中にある長州藩の重職たちは福岡藩からの使者に、

「いま、さようなことを言われても困る」

と言うだけで、まともに応じようとはしない。長州藩は尊攘派の没落にともない保守派が台頭したものの幕府への対応に右往左往するばかりで、方針を定めることができずにいた。

衛たちの表情に焦りの色が浮かんできた。

長州には酷烈な風が吹いていた。十一月十一、十二日、〈禁門の変〉を引き起こした三家老の益田弾正や国司（くにし）信濃（しなの）、福原越後が切腹し、長州は幕府への恭順の意を示した。幕府への恭順派が長州の政権を握ったのだ。尊攘派は彼らを、

――俗論党

と呼んだが、征長軍の脅威が迫る中、藩内で急速に力をつけた。このことを知った長溥は同月中旬には、加藤司書を征長軍総督のもとに派遣して、

「長州藩主父子が罪に服するならば攻撃を中止されますよう」

という建議書を提出した。無暗に攻撃すれば、長州も必死になって抗戦するだろう。そうなればその隙を外国につけ込まれ、

――神州の御大事
になる危険性があると指摘した。しかし幕府の反応は鈍かった。却って福岡藩は長州藩と通じているのではないか、との疑いを抱いているようだった。幕閣の疑惑は司書から長溥に伝えられた。

(わしの真意が幕府にはわからないのか)

あまりに鈍重な幕府の姿勢に長溥は切歯扼腕(やくわん)した。

長溥は孤独な戦いを強いられていた。尊攘派でも佐幕派でもなく、言わば開国交易派として日本の行く末を考え、それに応じた手を打とうとしているつもりだった。だが、肝心の幕府が長溥の慮(おもんぱか)りをわかろうとしないのだ。しかも時勢の動きは奔流のようで、容易に手綱をとることができない。その間に諸外国が侵略の手を伸ばしてきているのは明らかだ。

(内戦などしていては、この国は亡びる)

長溥は焦りにも似た思いを抱くようになっていた。気がつけば、こめかみのあたりにジリジリとした痛みを感じる。

元治元年（一八六四）十一月四日——

長州の高杉晋作が福岡へ亡命してきた。晋作が福岡に潜入したのは俗論派に捕らえられることを避けるとともに、九州諸藩の同志の連合を画策するためだった。名も谷梅之助と変えていた。

晋作は特異な風体をしている。町人姿で頭はザンギリだった。細面で目じりが上がった鋭い顔つきだ。

馬関で落ち合った中村円太が案内して伝馬船で海路、博多へ向かった。冬の玄界灘は波が高く、荒れていた。晋作は霙まじりの雨が降る中、博多に上陸すると円太の紹介で、対馬藩の御用商人の屋敷に潜んだ。

円太は深夜、洗蔵の屋敷を訪れた。円太が門を叩くと、出てきたのは、洗蔵の妹の梅子だ。小柄で色白の丸顔が闇に浮いた。

——中村様

息を呑む梅子に円太は、洗蔵に頼み事があるのだ、と告げた。洗蔵は起き出してくると、

「円太、深夜に屋敷に来るとは何事だ」

と怒鳴った。梅子は洗蔵の大声に眉をひそめ、

「兄上様、お静かに、隣のお家にまで聞こえます」

となだめるように言った。梅子は物静かだが気性はしっかりとしていた。

洗蔵は円太を睨み据え、むっつりとしてうなずいた。円太がまた矯激な行動に出たと思ったのだ。常に熱気を孕んだ行動を好む円太は、政治的な配慮を欠いて事態を混乱させてきた。だがこの時、円太は珍しく頭を下げて、

「すまぬ。頼みがあってきた」

と手を合わせた。洗蔵は円太の顔を見つめなおした。

「何なのだ」

よほどのことらしい、と察して洗蔵が訊くと、円太は声をひそめた。

「長州の高杉晋作殿が博多に来られた。目的は九州諸藩連合をつくり、長州の俗論党政府を倒すことだ」

洗蔵は詳しくは聞かずに、

「わかった。高杉氏はわたしが保護しよう」

と一諾した。

福岡藩では〈長州周旋〉を進めようとしていたが、俗論党政府は、ひたすら幕府に

おびえるばかりで、他藩の話など聞こうとはしない。却って幕府に乗じられるばかりだった。

〈長州周旋〉を行うには、尊攘派の巨魁である晋作と手を結ばねばならない、と洗蔵は見ていた。晋作が狙っている九州諸藩連合については、各藩の状況を知る洗蔵は、

――無理だ
と思った。だが、晋作を助けることは、〈長州周旋〉の重要な布石になるだろう。

洗蔵は同志の鷹取養巴を伴い、円太とともに晋作がいる博多鰯町の対馬藩御用達の対州問屋石蔵屋に向かった。

晋作は奥座敷で円太の帰りを待っていた。洗蔵が挨拶も抜きに、

「円太から九州で企てられようとしていることは聞きました。われらにできることは何でもいたしましょう」

と言うと、晋作はにこりと笑った。

「ありがたい。僕ははぐれ鳥のようなものです。筑前の同志の助けが無くては何もできません」

晋作の率直な言葉に洗蔵は膝を乗り出した。

「九州諸藩連合はやるにしても、緊急の課題は征長軍をいかにして解兵させるかではないのですか」

「それはわかりますが、容易ではありません。だからこその九州諸藩連合です」

晋作は目を光らせてきっぱりと言った。洗蔵が幕府に対抗するため薩摩と長州を和解させようとしていると察して機先を制したのだ。

洗蔵はうなずいて、それ以上、執拗には言わなかった。九州の諸藩については晋作自身の目と耳で確かめなければ納得しないだろう、と思った。

晋作は円太とともに、肥前田代を訪れて、対馬藩家老の平田大江と会った。だが、対馬藩でも佐幕派が政権を握っており、尊攘派は窮地に陥っていることがわかっただけだった。さらに円太が肥前佐賀藩への接触を試みたが、思わしい返事はなかった。

「なるほど、いずこも同じと見えます」

晋作は口辺に皮肉な笑みを浮かべたが、さほど失望した様子ではなかった。

晋作の要請により、筑前尊攘派が動いたということだけでも、四面楚歌の長州尊攘派にとっては有り難いことだったからだ。

洗蔵は田代から戻った晋作を野村望東尼の平尾山荘に匿った。ここで洗蔵は晋作に対し、薩長和解を説いた。

晋作は目を光らせて聞くばかりで、否とも応とも言わず、ひたすら考える様子だった。洗蔵はその様子を見て、薩長和解への希望を抱いた。

しばらくして晋作は口を開いた。

「月形さん、長溥公はしきりに〈長州周旋〉を進めておられるようだが、あれは幕府と長州の戦を避けたいというだけのことでしょう。薩長和解なぞは望んでおられぬと思いますが、違いますか。言わば同床異夢だ」

と言った。同じ床に寝ていても見ている夢は違っているのではないか。晋作の見方は当たっている、と洗蔵は後ろめたいものを感じた。

「そのことはわかっています。しかし薩長和解がなり情勢が変われば、ひとは時勢に遅れまいとするものではありますまいか。さすれば同じ夢を見るようになると、わたしは思います」

「なるほど」

晋作はうなずいて、それ以上のことは言わなかった。少しの間、想を練ると、晋作は洗蔵に一詩を贈った。

落魄飄零（らくはくひょうれい）ノ客
恰（あたか）モ広野ノ禽（とり）ノ如シ
君ノ経国（けいこく）ノ業ニ比ブレバ

又是レ一般ノ心

自分は落ちぶれて風に漂うばかりの旅客だ。まるで、広野をさまよう一羽の鳥のようだ。あなたの経国の論に比べれば、何ということもない。

「おたがい、やるべきことをやるだけですな」

晋作はからりと笑った。


藩主長溥の耳に長州尊攘派の大物である高杉晋作が領内に潜伏しているらしい、との情報が入った。

「長州の者がわが藩に来ておるのか」

長溥は苦い顔をした。

「さようにございます。月形洗蔵が匿いおる様子にて、怪しからぬことでございます」

家老の立花弾正が語気を強めていった。洗蔵の屋敷は常に横目付によって、見張られている。

洗蔵が深夜に屋敷を抜け出し、何者かに会ったことは、すぐに探索の網にかかった。やがて、洗蔵が会った男が、野村望東尼のもとに匿われたらしいこともわかった。

平尾山荘に潜伏した男の人相風体を聞いて弾正は驚愕した。町人のように着流し姿をしており、ザンギリ頭で目が鋭いという。

（噂に聞く高杉晋作ではないか）

弾正は息を呑んだ。

長州の三家老が切腹した後、幕府は広島城下で長州藩主の代理人である岩国藩主吉川経幹と会談した。

恭順の意を示した長州に対する処分を検討するためだった。この会談の席上、幕府を代表する大目付永井尚志は、話の途中で、

「桂小五郎と高杉晋作。この両人はいまいかがいたしおる」

と訊いた。この会談の席には薩摩の西郷も征長軍参謀として同席していた。ひょっとすると、西郷がふたりの動向を知ろうとしたのかもしれない。これに対して経幹は、ふたりの行方はわからないと答えるしかなかった。

いずれにしても、晋作は幕府から長州尊攘派の中心人物として目をつけられている。ここで晋作を捕らえれば、福岡藩に対する幕府の印象はよくなる。

さらに晋作を匿った罪で洗蔵を追及することもできるのだ。

（一石二鳥ではないか）

喜んだ弾正は、晋作が潜伏していることを長溥に言上したのだ。

「彼の者を見逃せば御家に災いを招きましょう。それよりも、いっそのこと──」

この際、尊攘派を排除するべきではないか、と弾正は暗に言った。だが、長溥は素っ気なく答えた。

「しばし、様子を見ておけ」

「なぜにございますか」

弾正は不満げな顔をした。

「窮鳥懐に入れば猟師もこれを殺さず、というではないか」

「されど──」

なおも粘ろうとする弾正に長溥は耳を貸さなかった。長溥には考えがあった。すでに福岡藩から〈長州周旋〉の使者を数度、出していたが思わしい成果をあげていない。

長州はいま佐幕派が政権を握り、三家老に切腹させるなど恭順の意を示しているが、追い詰めれば、反発して暴挙を起こしかねない。

（行き場を失った長州は暴発する。〈禁門の変〉がそうだったではないか）

その結果、幕府は征長戦に本腰を入れることになり、一戦して勝てばよいが、手こずれば内戦が長引くだろう。そうさせないためには、長州尊攘派の大物である高杉晋作に恩を売っておく方がいい。藩として表だってはできないことだが、藩内の尊攘派がしたことであれば幕府から咎めも受けないだろう。

（あの男の使い道はそこにある）

長溥は洗蔵の精悍（せいかん）な顔を思い浮かべていた。


晋作が福岡藩に潜伏して十数日が過ぎた。このころ、潔は父の使いで洗蔵を訪ねた。洗蔵は何を思ったのか、潔を平尾山荘に伴った。潔はザンギリ頭の異様な風体をした晋作を見て、目を丸くした。

晋作は潔にちらりと目を向けただけで、

「やはり、いまは僕が長州に帰らねばどうしようもありません」

と、洗蔵に話した。長州に戻って決起する腹を固めたのだ。

「その通りだと思いますぞ」

洗蔵はうなずいた。

長州は三家老切腹によって恭順しているが、幕府は、この機に乗じて長州を壊滅させようとするに違いない。それを救うには、俗論党政府を倒すしか事態打開の道はなかった。そのうえで薩摩と長州が手を結べば、全国の尊攘派が力を盛り返すだろう。

「難しいのは長州にいかにして戻るかです」

晋作は苦笑して、まず金がありませんからと言った。長州から、さほどの金も持たずに出奔してきただけに、すでに懐に金がなかった。長州へ戻るにはどこかで船を雇うための金がいるのだ。

「金はわたしが用意しよう」

洗蔵が頼もしく言った。その言葉を傍らで聞いた潔は不安になった。

月形家に晋作を長州に戻す旅費の蓄えがあるとは思えなかった。だが、平尾山荘を辞去して屋敷に戻る道すがら、何事か考えている洗蔵に潔は何も言うことができなかった。

間もなく屋敷に戻ると、洗蔵は書斎から『資治通鑑』五十九巻を持ち出した。梅子が驚いて、

「兄上、どうされるのですか」

と訊くと、洗蔵は無表情に答えた。

「売って金にするのだ」

洗蔵が日頃から『資治通鑑』を大事にしていることを知っている梅子は目を瞠った。

「なぜ、そのようなお金が必要なのでしょうか」

「それは言えぬ」

洗蔵は素っ気なく言うと潔に『資治通鑑』を風呂敷に包んで担うように言った。梅子が用意した風呂敷に書物を入れながら潔は、

「長州の方のためにここまでしなければならないのですか」

とため息まじりに言った。それを聞いて梅子も洗蔵が福岡に潜伏している長州人のために金を作ろうとしているのだ、と察して、

「兄上、お売りになったものは、二度と戻りはいたしませぬ。よくお考えになった方がよいのではないでしょうか」

と懸命に訴えた。洗蔵は白い歯を見せて笑った。

「ふたりとも彼の仁のことを知らぬゆえ無理もないが、高杉殿には英雄の風韻がある。必ずや風雲を巻き起こして世を動かすひとだ。『資治通鑑』を売り払っても決して後悔することはない」

きっぱりと洗蔵に言われて、潔と梅子は不安を抱きながらも黙るしかなかった。

洗蔵は潔に担わせて知人を訪ね、『資治通鑑』を買ってくれるように頼んだ。

知人は驚いた。洗蔵にとって、何より大事な書物であることを知っていたからだ。

「何のために金が必要なのだ」

と聞きかけた知人は口をつぐんだ。洗蔵が命より大切にしている書物を売ろうというのだ。国事に奔走するための金だ、ということは聞かなくてもわかる。

「承知した」

知人は書物を受け取らず、金を貸してくれた。

「ありがたし」

洗蔵はさっそく、晋作が長州に戻るための準備をした。望東尼は晋作のために羽織、袷、襦袢などを取りそろえた。

晋作が潜伏している間、望東尼との間では濃やかな心の交流があった。すでに六十に近い望東尼だけに男女の情を交わすことはなかった。しかし、あるいはそれに似たものがあった。波乱に満ちた生き方をしていた晋作は平尾山荘で心穏やかな静謐な時を過ごせたことを喜んでいた。

望東尼はこのころ梅の花を愛する晋作が谷梅之助という変名を用いていたことから、

冬深き雪のうちなる梅の花埋もれながらも香やはかくるる

という歌を贈った。たとえ深い雪の中にあっても、梅の香りは隠れはしない、と詠んで晋作が苦難の中にあってもやがて自らの香りを発するにちがいない、と励ましたのだ。

この歌を読んで、晋作はにこりとして、

「まこと、梅の花のごとく生きたいものです」

と言った。望東尼はうなずいた。

「わたくしも梅は好きでございます」

好きだと言う言葉の中にかすかな艶めきがあった。

六十に近いとはいえ、望東尼の肌は白く、ととのった顔立ちは若々しかった。もし、時を違え、異なる場所で会っていたとしたら、晋作と望東尼の間には別な在り様があったかもしれない。

そんな思いを込めて望東尼は晋作の旅立ちの支度をした。できあがった着物を贈られて晋作が無邪気に喜ぶと、望東尼はそっと和歌を認めた短冊を渡した。


まごころをつくしのきぬは国のためたちかへるべき衣手にせよ

晋作が決死の思いで長州へ戻ることへの餞だった。短冊を受けとる際、晋作の指先が望東尼の白い指にふれた。しばらくそのままであったのをふたりは気づかぬふりをしていた。ふと、指を離した晋作は、

「かたじけない」

と頭を下げた。晋作を見つめる望東尼の目に光るものがあった。その目を見返して晋作は、

「お心、忘れませぬ」

と告げた。晋作は戦略家、行動家である前に詩人だった。ひとの心に感応して、臆(おく)することなく一歩を踏み出していく。

元治元年十一月二十一日のことだ。

四

「五卿(ごきょう)を九州に移し奉ってはどうか」

という策を長溥が派遣した喜多岡勇平が思いついて、薩摩の西郷吉之助を通じて征長総督府に働きかけた。

〈文久の政変〉で長州に落ちのびた三条実美ら五卿は、このころ長府の曹洞宗功山寺(そうとうしゅうこうざんじ)にいたが幕府への徹底抗戦を唱える奇兵隊など長州諸隊に擁されていた。

長州尊攘派にとって藩政府に対抗するために、五卿の権威は欠かせなかった。それだけに五卿の存在が長州征討を中止させる障害にもなっていたのだ。五卿を九州に移そうという喜多岡の工作は功を奏した。征長総督府から、

「長州藩にいる三条実美ら五卿を九州に移すよう取り計らえ」

という〈五卿動座〉の命令が福岡藩に下った。長溥は工作が実ったことを喜んだ。

(五卿の九州動座ができれば征長軍による攻撃は行われないだろう)

そう考えた長溥はさっそく、喜多岡を長府に派遣した。十一月二十九日、功山寺で五卿に面会した喜多岡は、

「九州に御動座いただければ、必ずやわが藩がお守りいたします」

と熱心に説いた。しかし、三条実美ら五卿は、

「いままで長州に良くしてもろうたのに、ここで出ていくのはなあ」

と逡巡(しゅんじゅん)の色を見せた。

〈禁門の変〉以降、長州に保護されてきたのに、征長軍が迫る中、逃げ出すのは忘恩の誹(そし)りを受けるのではないか、と気にしたのだ。しかし、九州が安全だとわかると大いに気持は動いた。その様子を見て、喜多岡は、

――脈がある
と判断して上機嫌で旅宿へと引き揚げた。ところが、その日の夜になって、宿に十数人の壮士が押し掛けてきた。

いずれもザンバラ髪を肩までたらし、白鉢巻をして、黒っぽい筒袖(つつそで)の着物に帯を締めて長刀(なぎなた)を落とし差しにしている。見るからに異様な風体の男たちだった。しかも殺

気立っている。

長府には奇兵隊始め、長州藩の諸隊が集まっていた。五卿護衛のためという大義名分によってだった。もし、五卿が九州に動座すれば、諸隊は藩政府に対抗することができなくなる。藩政府からすでに厄介者扱いされている諸隊にとっては息の根を止められるに等しかった。

旅宿に押し掛けてきたのは、諸隊の隊士たちで、口々に五卿動座への反対を唱え、福岡藩の動きを非難した。喜多岡がこれに抗弁していると、隊士たちの後ろからひとりの男が出てきた。今まで声を大きくしていた隊士たちがぴたりと口を閉ざした。

高杉晋作だった。

「われわれは五卿と進退をともにいたす。もし、五卿が福岡藩に連れ行かれるなら、われわれは骨髄を抜かれたようなものだ。もし、どうしてもというのなら戦いあるのみだ」

晋作から激しい言葉を浴びせられて、喜多岡はたじろいだ。それでも、勇気を奮って、

「しかし、幕府の大軍が迫っているのだ。わずかな兵力で勝てるつもりか」

と言うと、晋作は笑った。

「皇国のため、もとより死は覚悟している」

言い捨てると晋作は踵を返して旅宿を出ていった。

隊士たちがこれに続く。喜多岡は呆然として晋作を見送った。なぜ、晋作がこの旅宿に現れたのか意図を測りかねていた。だが、晋作の火の出るような激しさとぶつかってみると、とても説得は無理だ、と思うしかなかった。このことは、翌日には、長溥に書状で報告された。

（やはり、あの男を使うしかないのか）

沈思した後、長溥は結論に達した。五卿を擁する長州諸隊に話をつけるには、かねてから長州の尊攘派と連絡がある洗蔵を派遣するしかない。しかし、このことは長溥にとっても危険な手段だった。

洗蔵を長州に派遣すれば尊攘派と手を結び、どのような動きをするかわからない。福岡藩の立場を危うくすることにもなりかねない。

長溥は頭を悩ませた。尊攘派は劇薬だが、それでも飲むしかないのか。

「月形を召し出せ。命じることがある」

苦い顔で長溥は側近に告げた。一刻（二時間）ほど後、長溥は大広間で洗蔵に、

「長府へ参れ。五卿動座をすみやかに行うのだ」

と命じた。すぐにかしこまって命を受けるものと思っていたが、洗蔵は手をつかえ、頭を下げたまま何も言わない。長溥は苛立った。

「いかがいたした。よもや、できぬと申すのではあるまいな」

「恐れながら――」

洗蔵は顔をあげた。日頃に増して眼光が鋭い。

（この目は――）

不快なものを長溥は感じた。洗蔵と相対していて感じるのは、主君の上に天朝があり、とする不遜さだった。

主君の命を奉じるのが、家臣の務めのはずだが、洗蔵は自らの意見をよしとして長溥に説こうとする。君臣の分をわきまえない男だ、さらに言えば、武士としての道義がない、と長溥は洗蔵に憎しみを感じた。

洗蔵はそんな長溥の胸の内を忖度することなく言葉を続けた。

「それがしは〈長州周旋〉を薩長和解のために行うべきと存じております。そのことを殿はお許しくださされましょうや」

「もとよりのことだ」

長溥は投げやりに言った。薩摩と長州が和解するかどうかは、長溥にとってどうでもいいことだ。薩摩と長州が手を結び、幕府を倒そうとするかもしれない、という事態を長溥は思い浮かべようとはしなかった。

「されど、薩長が和解いたせば、ともに手を携え、幕府に抗することになるやも知れませぬ。そのおりには御家も薩長と行をともにいたさねばならなくなりましょう。それでよろしいのでございましょうか」

洗蔵は試すようにじっと長溥を見つめた。どきりとして長溥は眉を曇らせた。

(そのようなことがありうると、この男は正気で思っているのか)

笑止千万だ、と長溥は思った。だが、夢想に浸って迷わない様子の洗蔵が薄気味悪くも感じられた。

「さようなことはなってみなければわからぬことだ。今は何とも言えぬ」

ひややかに長溥が言うと、洗蔵はしばらく考えた後、頭を下げた。

「仰せ、承ってございます」

「長州へ参るのだな」

長溥は念を押した。

「行かねば何事も始まりませぬ」

薩長とともに幕府に抗する腹は長溥にはないが、それでも時勢が動けばついていくしかなくなるだろう、と洗蔵は思った。〈長州周旋〉に洗蔵が動くことを伝え聞いた望東尼は、京の知人への手紙に、

——月形先生に長州のことごと、皆御まかせとなりしかば、やがて御ひらけなるべ

しと、喜び侍るなり

と書いている。洗蔵が〈長州周旋〉のため福岡城下を出発したのは、元治元年（一八六四）十一月三十日だった。

玄界灘からの寒風が吹きすさび、凍りつくような日だった。

このころ西郷吉之助は福岡藩による諸隊説得を見守るため小倉に入っていた。洗蔵が福岡を出発する七日前、十一月二十三日のことだ。

西郷はすでに長州の征討から薩摩は手を引くべきだ、と考えるようになっていたため、〈五卿動座〉により、事態をいったん収拾したかった。そこで福岡藩による長州への説得工作を見定めようとしていた。

十二月二日、洗蔵は小倉の旅籠に西郷を訪ねた。西郷に福岡藩の〈長州周旋〉は薩長和解のために行うことを伝えておきたかった。

旅館の一室で向かい合った西郷は黒々とした目を光らせて洗蔵の話を聞いていた。

洗蔵は、

「薩摩と長州の間に隔たりができたのは、双方の行きがかりもあることだろうが、和してもらわなければ国家のためにならない」

と単刀直入に言った。西郷は深くうなずいた。

「さようでごわす。いまは薩摩だの長州だのと言うとる場合ではありもはん。天下一新、皇国一和を目指さないかんのです。長州征伐をやめるのは難しかことではございもはんど」

腹に力の籠った西郷の言葉は聞く者を納得させた。洗蔵は、薩長和解実現への確信を抱いた。

洗蔵は翌日、馬関へ渡った。ちょうど、このころ土佐脱藩の尊攘派浪士、中岡慎太郎が筑前尊攘派早川勇の従僕を装って渡海して小倉に入った。

勇は馬関の諸隊を訪れては、五卿動座についての遊説を行っていたが、隊士たちの理解は得られず、却って罵声を浴びるだけだった。

勇が泊まっていた馬関の旅籠伊勢屋を不意に中岡が訪ねてきた。中岡は筑前尊攘派が薩長和解に向けて動いているのを知り、興味を抱いたという。

中岡は、〈五卿動座〉について独自の見解を持っていた。福岡から戻った高杉晋作と中岡はかねてから親しく、ともに戦略を語り合ってきた仲だった。

晋作はいま五卿動座や薩長和解に関心が無く、ひたすら諸隊を決起させて俗論党政府を倒そうと説きまわっている。だが、諸隊は長州を取り巻く情勢の厳しさに立ち上がる気力を失い、退嬰的になっていた。

（この事態を打開する鍵は〈五卿動座〉にあるのではないか）

中岡はそう考えた。諸隊にとって五卿は最後の拠り所であるがゆえに、手放そうとしない。だが、それは一面、五卿を擁しているという権威にすがろうとする心情でもあった。

五卿がいなくなれば、諸隊は拠るべきものがなくなり、藩政府によって解散させられるのを待つしかないところまで追い詰められる。

そうなれば、残る道は決起しかない。しかも〈五卿動座〉が実現すれば、薩摩は長州征討軍を解兵させるために動くだろう。

長州を取り巻く包囲網が崩れれば、晋作は決起しやすくなるに違いない。このことでは諸隊を動かそうとすることで手いっぱいの晋作よりも、自分が動く方が適任だ、と中岡は判断した。

怜悧な中岡は自らの考えに従って動き、まず勇と接触した。次に小倉に来ているという西郷との会見を望み、勇の従僕に成りすまして馬関海峡を渡った。

勇は喜んで中岡を西郷のもとに案内した。すでに洗蔵が西郷と話し合っていたことが幸いした。西郷の傍らには薩摩藩士吉井幸輔がいた。中岡は率直に、

「五卿を筑前に移そうにも、いまのように四方を軍勢で囲まれては、これに屈したようで、長州藩としてもなし難いと存ずる。それゆえ〈五卿動座〉は兵を解かれた後に

いたすことになりましょう」

と説いた。〈五卿動座〉の前に、長州征討軍を解兵しろ、というのだ。これを聞いた幸輔が、

「そいは、長州に都合がよすぎはしもはんか」

と不満げに言うと、慎太郎はすぐに切り返した。

「長州の都合ではない、皇国の都合です」

長州藩のためではなく日本国のためだ、という慎太郎の舌鋒（ぜっぽう）に西郷はうなずきながらにこりとした。

「わかりもした。筑前藩の月形さんが馬関に渡られました。月形さんの働きしだいということになりもそ」

「筑前の月形殿が――」

慎太郎は洗蔵の名を聞いていた。

「長州の諸隊を説得できるかどうかは、月形殿にかかっているということですか」

「そいでごわす。月形さんは命を投げ捨てる覚悟で海峡を渡られました。月形さんのなすところをまずは見届けねばなりもはん」

西郷はゆったりとした笑みを浮かべて言った。

そのころ洗蔵は馬関の料亭に中村円太を呼び出して会っていた。ひさしぶりに顔を合わせた円太の様子を見て洗蔵は眉をひそめた。

円太は五卿の警衛をしているため、どこかから金が出るのか羽織や袴も立派なものを着用し、公家に仕えるにふさわしい身なりをしている。

風に髪を梳り、雨で沐浴する櫛風沐雨の暮らしが当たり前の浪人志士らしい清々しさがいつのまにか円太から影をひそめていた。円太はそんな装いがむしろ得意らしく、しきりに、

「五卿は――」

と三条実美らの名を口にした。脱藩して名のある尊攘志士と交わり、五卿を警衛する身となった円太は倨傲になっていた。洗蔵が説く九州動座についてはいっこうに首を縦に振ろうとしない。

「諸隊にとって五卿を失うは首を失うのも同様ですぞ。決して納得することはありません。それはわたしも同じことです。むざむざ五卿を手放すわけにはいかんのです」

黙って聞いていた洗蔵は顔色も変えずに、

「黙れ、円太」

と一喝した。さすがに驚いて円太が目をむくと、

「わたしはいま天下の大事を話している。それなのに諸隊やお主の利害を口にすると

は何事か。さようなことはどうでもよいのだ」

「月形さん——」

円太が抗弁しようとしたが洗蔵は睨みつけて口を封じた。

「わが筑前の同志たちはおのれの利害損得を顧みず、生死を賭けて、お主の破牢を助けた。そのことを忘れたか」

洗蔵の鋭い言葉が円太の胸を深々と刺した。

「しかもお主を助けた同志のひとりであるお主の弟、恒次郎はすでに〈禁門の変〉で戦死したではないか。であるというのに、助けられたお主がいたずらに生を盗み、諸隊の者どもと同様におのが損得を言い立て、尊皇攘夷の大義に思いを致さぬとは何事か。恥を知れ」

厳しい声音で洗蔵は決めつけた。

元治元年七月、長州藩は軍勢を上洛させ武力で失地を回復しようとして〈禁門の変〉を引き起こした。円太の弟恒次郎は真木和泉が率いる忠勇隊に属した。京の市中で会津、桑名の兵と遭遇し、

「われは筑前の浪士中村恒次郎なり」

と叫び短槍で奮戦し、彦根藩士を仕留めたが、その際、数人の敵兵に囲まれ、戦死した。二十四歳だった。言葉のひとつひとつに肺腑をえぐられる気持がしたらしく、

円太はうつむいた。やがて肩を震わせた。

「わかった。月形さん、わたしが間違っていた」

円太は目に涙を光らせて言った。洗蔵は大きくうなずき、

「まず、五卿に拝謁し、九州動座についてお願いをいたさねばならぬ。案内してくれ。その後は諸隊を説くことになる」

と告げ、活動費として百両を円太に渡した。円太は、

「承知した」

と短く答え、さすがにそれからの動きは早かった。その日の午後には洗蔵とともに五卿が仮寓する長府の功山寺へと赴いた。

三条実美ら五卿を前にした洗蔵は手をつかえて言上した。

「ただいまの長州を取り巻く情勢はひとつ、尊卿方の九州への御動座にかかっております。なぜならば幕府の征討軍総督、尾張侯は参謀である薩摩の西郷殿の説得により、戦乱を避けるために皆様の九州への御動座がかなえば解兵を行う所存でおられるのです」

「まことにさようかのう」

実美が不安げな表情を浮かべた。

「幕府の中には尊卿方を関東へお移しいたそうと考える者もおりますが、それでは長

州藩が天下に面目を失うことになり、到底、なしうることではございません。まさに尊卿方の九州御動座に天下の和平がかかっているのでございます」

　洗蔵は切々と説いた。さらに、

「もし、九州御動座をあそばしくだされるのであれば、筑前藩と薩摩藩はいつの日にか尊卿方が京に戻られるよう尽力いたすことをお誓い申し上げます」

　と言葉を添えた。赤誠を顔に表して説く洗蔵の言葉に実美ははらはらと涙をこぼした。

「さようにまで慮(おもんぱか)ってくれて、嬉(うれ)しゅう思いますぞ」

　そして実美はほかの公家たちとひそひそ話した後、

「われらは天下のためならいかようにも進退しよう。いま長州藩は窮状にあるゆえ、われらが去ろうとすれば、どのようなことが起きるかわからぬ。しかし、毛利家はすでに三人の家老を厳刑に処して幕府に謝罪したのやから、寛大なる沙汰(さた)があれば平穏にもなろう、と思う。このあたりの事情をよく考えて周旋をなしてくれるよう」

　と述べた。

〈禁門の変〉の後、落ち延びて長州に匿(かくま)われてきた五卿が勝手に去ろうとすれば尊攘派が憤激するおそれもあった。しかし、和平のためには、その方がよいのだ、と五卿も理解したのだ。

実美の言葉を聞いた洗蔵は、これで諸隊さえ説得すれば事はなる、と喜んだ。筑前藩の長州周旋のために動き出した円太は、夕方には諸隊の主立った者十数人を馬関の料亭に連れてきて、洗蔵に会わせた。洗蔵は酒の膳を出させ、幹部たちと、しばらく酌み交わした後に五卿の九州動座の話を持ち出した。だが、幹部たちは話を途中まで聞くと遮って、

「それはできん」

「無理な話だ」

「五卿を長州からお移しすることは尊皇攘夷の大義にもとる」

と口々に言った。大柄で眉が太い幹部が、脂ぎった顔を洗蔵に突きつけるようにして、

「筑前尊攘派の月形洗蔵と言えば、かねてから聞こえた名だが、いつのまに幕府の走狗に成り下がった」

とまで罵った。円太が、かっとなって、

「貴様、何を言うか」

と怒鳴り付け、危うく乱闘になりそうになったが、まわりの者がなだめてなんとか鎮まった。それでも一座には気まずい空気が流れた。洗蔵は眉ひとつ動かさず、幹部

たちの罵言を受け流していた。
(やはり、高杉殿を説くしか手立てはないか)
諸隊の隊士たちを説得するには、晋作の理解を得ねばならない、と洗蔵は思い知った。

　この夜の会合は最後まで不調に終わり、洗蔵は翌夕、馬関の山の手にある料亭で晋作と会った。

　料亭の座敷で昼間から酒を飲んでいた晋作は、訪れた洗蔵に会うと、からっと笑って、

「月形さんもだいぶ、苦労しておられるようですな」

と言った。晋作の傍らには三味線を抱えた美しい女がいる。

晋作の愛人のおうのらしい。洗蔵はちらりとおうのに目を遣ってから晋作の前に座った。

「諸隊の者たちは大局を見ようとはしない。高杉さんを頼るしかないと思ってきたのです。五卿の九州遷座を認めてもらいたい」

　洗蔵の言葉を晋作は黙って聞き、ゆっくりと杯を口に運んだ。

「さて、それは難しいな。五卿を手放せば、われらは一気に藩政府からつぶされかねぬ」

「しかし、このままでいても同じでしょう。高杉さんが長州に戻られたのは決起するためではありませんか。しかし決起して藩政府を倒したとしても、幕府軍がすぐに攻め寄せてくれば如何ともしがたいでしょう」

「長州は薩摩と組むべきだと言われるか」

洗蔵は膝を正して晋作に真剣な眼差しを向けた。

「幕府の征討軍が藩境を囲み、俗論派が藩政を意のままにして追い詰められた長州尊攘派の窮状を打開するには薩長和解しかありませんぞ」

きっぱり言う洗蔵に晋作はゆっくりと首を横に振った。

「わたしは薩摩を信じられないのですよ」

晋作が突き放すように言うと、洗蔵は膝を乗り出した。

「いや、薩摩は信じられます。その証として西郷殿に会っていただきたい。いま西郷殿は小倉に来ています。わたしが求めれば海峡を渡って諸隊を説得するでしょう」

「馬関海峡を渡ろうとする薩賊は皆、海の藻屑にしてやると諸隊の隊士たちは嘯いておりますぞ。西郷はその海峡を渡れますか」

「必ずや。もし、西郷殿が来なければ、それがしが腹を切ります」

洗蔵の必死の言葉に晋作は胸を打たれた様子だった。しばらく黙って、

「月形さん、まずは酒を飲んでくれ。その間に考えよう」

と言った。洗蔵が杯を口に運ぶ間、晋作は立ち上がって障子を開け、庭先から見下ろせる夜の海に目を遣った。

「わたしと月形さんはよく似ています。共に剛毅だが、それだけに長くこの世に生を保つことはできんでしょう」

晋作はしみじみとした口調で言った。

「さようかもしれませんが、この世にてなすところがあれば、いつにても去る覚悟はしております。なすべきことをなしたるうえは、潔く生を終える所存です」

洗蔵はなにげなく言い切った。その言葉を背中で聞いていた晋作はやおら振り向いて答えた。

「わかりました。わたしは俗論派を倒さねばなりません。薩摩とのことは月形さんにおまかせしましょう」

「では、西郷殿を馬関に呼びますぞ」

洗蔵が念を押すように言うと、晋作はにこりとしてうなずいた。

(これで、風穴が開いた)

洗蔵はほっとした思いだった。すると、おうのが三味線を弾いて、

三千世界の烏を殺し
主と朝寝がしてみたい

と唄った。晋作がつくった小唄だった。洗蔵は苦笑して、

「わたしもようやく朝寝ができるやもしれません」

とつぶやいた。晋作はそんな洗蔵を澄んだ眼差しで見つめて、

「月形さん、わたしたちは明け方の光となろうとしています。いわば曙光の志士ですが、明けてしまえば消えねばならぬ宿命かもしれません」

とさりげなく言った。

夜が明ければ消えるという晋作の言葉が洗蔵の胸に重く響いた。

(高杉殿は何事かおのれの運命を感じ取っているのかもしれない)

鋭敏な晋作ならありそうなことだと思いつつ、自分もまた晋作同様に消えることになるのだろうか、と洗蔵は思った。

寒気が厳しい日で、海を渡る風の音が寂しげに響いていた。

五

十二月十一日、洗蔵は西郷を馬関に渡らせる船を用意すると福岡藩士林泰（はやしやすし）を小倉まで迎えに行かせた。

林泰が西郷の宿を訪ねると、まわりにいた薩摩藩士の中には、

「いま西郷さんが馬関に行けば殺されますぞ。どうしても行かれるのなら護衛をつけねばなりもはん」

と言い出す者もいた。しかし、西郷は笑って、

「おいの命ですむことならいつでんあげもそ。殺せばあいどんが窮地にたつとじゃごわはんか」

と言うと、ただちに海峡を渡ることを決めた。西郷は吉井幸輔、税所長蔵（さいしょちょうぞう）を供に海峡を渡った。中岡慎太郎もこの船で同行した。

風が強く、雲の流れが速かった。海峡も波が大きく、船はひどく揺れた。夜になって西郷を乗せた船は唐戸（からと）の渡船場に着いた。

待ち受けていた早川勇の案内で馬関の花街である稲荷（いなり）町に向かった。ここには九軒の遊郭があり、百数十人の女郎がいた。

稲荷町でも大きな対帆楼という店に勇は西郷を連れていった。店の裏手が茶屋になっており、海峡の夜景が見渡せた。

西郷が茶屋に入ると洗蔵が諸隊の幹部たちと待っていた。


悠然と座った西郷に対して隊長らは、次々に議論を仕掛けた。烈しい言葉でこの間の薩摩のやり方を詰る者もいたが、西郷は落ち着いて受け応えしていく。

隊長たちの言葉に殺気が籠る瞬間もあったが、西郷は顔色ひとつ変えない。却って傍らの吉井幸輔が激昂しそうになったが、西郷がなだめた。

「幸輔どん、皆様の言われることは、まことにもっともじゃ。われらに腹蔵なく語ってくださるとは、まことにありがたかことでごわす」

いささかも気圧されることのない西郷の言葉が苛立った一座の者たちの心を鎮めた。さすがに罵詈雑言を浴びせるだけでは自分たちの器量を見透かされる、と気づいた隊長たちは落ち着いた物言いで、諸隊の考えを述べた。

これに対し、西郷は大きくうなずいて、

「いかにもさようでごわそう。長州尊攘派がつぶれたら、こん国の尊皇攘夷の大義が消えもそう。じゃっどん、そのために五卿を長州にお止めするのは畏れ多いことではごわはんか。五卿には戦の場からお移りいただき、そのうえで自ら大義を成し遂げてこその志士じゃとおいは思いもす」

　違いもすか、と言いながら、西郷は大きな目で一同を見回した。すると、洗蔵が、

「五卿の九州動座の前に征討軍の解兵を行うことはできませんか。それならば諸隊の信頼を得られると思いますが」

　と斬りつけるように言った。かねてからの中岡慎太郎の主張でもあった。だが、九州動座の約束だけで幕府の征討軍を解兵するのは容易ではないことだ。しかし、西郷ならばできるのではないか、と洗蔵は思った。

　西郷は腕組みをして考えたが、しばらくすると泰然として、

「月形さんの言われる通りじゃ。まず、征討軍が解兵してこそ、天下の和平はなりもそう。おいが広島に赴き、解兵のために尽力いたしもそ。五卿の動座を約束さえしていただければ、九州にお移りいただくのは、解兵の後でようごわす」

　と言った。

　征討軍の解兵という重大事をあっさりと言ってのける西郷の豪胆さに隊長たちは息を呑んで押し黙った。すると、頃はよし、と見た中岡は洗蔵に目くばせした。ふたりの間で西郷と晋作を引き合わせる段取りを決めていたのだ。

　洗蔵はうなずくと、西郷の傍により、

「夜がふけました。しばし、休まれた後、あらためて話をされてはいかがか」

と大きな声で言った。さらに西郷の耳もとで、

「別室にて高杉殿がお待ちでござる」

と付け加えた。西郷は表情を変えずに、

――そいじゃ
と立ち上がった。中岡がさりげなく立ち、奥座敷で待つ晋作のもとへ案内した。洗蔵は西郷が部屋を出ると、一座の皆に向かって告げた。

「それがしの存念をいささか聞いていただきとうござる」

西郷と晋作が密談する間をもたせようという狙いがあったが、薩長（さっちょう）和解について、吉井幸輔らこの場に残った薩摩藩士と長州側の隊長たちに説いておきたかった。

「わが筑前（ちくぜん）福岡藩は、此度（こたび）、長州周旋を行っておりますが、それがしの願うところは薩長和解にあります」

話し出した洗蔵の言葉には国の行く末を憂える真摯（しんし）な気迫が籠っていた。一座の者たちは皆、引きつけられるように耳を傾けた。

洗蔵が懇々と説き続ける間に戻ってきた西郷は、目を光らせて笑みを浮かべ、洗蔵の傍らに座りながら、

「月形さんのおかげで事はなりもした」

と低い声で言った。西郷がそう断言するからには、晋作との間で意を通じて密約が

できたに違いなかった。

洗蔵は胸をなでおろしつつも、さらに五卿を説得しなければならない、と気を引き締めた。夜がふけていくとともに海峡の潮騒がかすかに響いてきた。

西郷はひと晩、諸隊の幹部たちと語り明かし、翌十二日朝、船に乗って小倉へと戻っていった。

この夜のことを西郷は薩摩藩家老小松帯刀への手紙で、

――諸浪の隊は一同帰順の運びとなり、隊長の者とは両度も論判仕り候処、合点も出来、五卿移転についても一応結論を得たのは、実に大幸の事に候

と書いている。

十五日は朝から雪が降り積もった。

夜になって八十人の兵を率いた晋作が、紺糸縅の腹巻をつけ、桃形の兜を首にかけて馬に乗り、功山寺の門前に現れた。馬を下り、そのまま石段を上がった。

すでに深更だった。五卿も寝所で寝静まっていたが、晋作は、

「お暇乞いに参った」

と警衛の者に無理押しして五卿たちを起こさせた。座敷で対面した三条実美ら五卿

は具足姿の晋作を見て驚いた。あるいは、九州動座が決まったことに憤激して押しかけてきたのかと怯えて押し黙ると、晋作は膝を進め、

「それがし、決起いたす所存でござる。ゆえに出陣の御盃を賜りたい」

と決然とした口調で言った。

五卿は戸惑いながらも随従の者に茶碗酒を持ってこさせた。

晋作は茶碗の酒をひと息に飲み干した。晋作はさらに酒を所望して、二、三杯たて続けに飲んだ後で、

「これより長州男児の手並みをご覧に入れる」

と言い置いて五卿たちの前から辞去した。晋作が山門をくぐり石段を下りるとあたりは真っ白で月の光に照らされて昼間かと見まがうほど明るい景色が目に入った。

夜が明けやらぬ十六日七ッ時（午前四時ごろ）、雪明りを頼りに晋作は馬を駆った。

世に言う〈功山寺決起〉の始まりだった。

晋作は馬関に向かうと奉行所を急襲し、居合わせた役人を追放して奪取に成功した。

さらに次いで三田尻に向かうと長州海軍の軍艦三隻を奪った。

晋作の決起で長州藩内に激震が走り、奇兵隊など諸隊も藩政府軍と戦端を開き、内戦となった。

一方、諸隊と藩政府軍の間に緊張が高まる中、五卿の渡海承諾書が小倉にいた西郷

のもとに二十六日に届けられた。

西郷はただちに広島へ向かって征討軍総督徳川慶勝に解兵を建言した。晋作が決起したとの報が伝わり、征討軍内部には解兵に異を唱える声もあったが、西郷は、

「いたずらに解兵を引き延ばせば、征討軍は長州の争いに巻き込まれもすぞ」

と半ば強引に押し切った。

征討軍は長州藩が謝罪したとして二十七日に撤兵令を発した。西郷は、晋作と阿吽の呼吸で情勢の転換を行ったのだ。その突破口を開いたのは、洗蔵ら筑前尊攘派が身を呈して行った長州周旋にあったことは間違いなかった。


このころ福岡城の黒書院で五卿動座が決まったという報せを中老の加藤司書から藩主長溥は聞いていた。長州周旋が功を奏したことは、長溥を安堵させたが、気になることがあった。

「して、月形はいかがしておるのだ。動座が決まったならば、ただちに戻り、五卿をお迎えする支度をいたさねばなるまい」

司書は長溥の表情をうかがい見ながら答えた。

「されば、長州では高杉晋作が決起いたしましたゆえ、成り行きを見定めております」

「ほう、見定めるとな」

長溥はじっと司書の顔を見据えた。司書はわずかに目をそらした。

二千八百石の大身に生まれた司書はこの時、三十五歳。凜々(りり)しい顔立ちでたくましい体つきをしており、碁盤を片手で持って蠟燭(ろうそく)の火をあおいで消すことができるという強力(ごうりき)だった。

文武にすぐれ、身分のうえから筑前尊攘派の首領ともみなされていた。筑前藩の長州周旋にあたっては三度にわたって広島に出張し、征討軍の会議では、開戦を求める他藩の代表に対して、

「長州藩が恭順したからには、無名の戦はするべきではない」

と堂々と論陣を張った。司書の弁舌は各藩の代表たちを圧倒し、西郷はこれにのって解兵を決した。これによって筑前藩に加藤司書あり、と広く知られた。しかし、それだけに長溥からは、

――出すぎ者

という目で見られるようになっていた。長溥はゆっくりと口を開いた。

「月形は高杉が決起した際、軍資金として数百両を渡したという話が聞こえておるが、まことか。さらに長州藩の支藩である岩国や徳山、清末、長府の各藩をまわっては諸隊の窮乏を救うため金を出そうと申し出てまわったそうだが、これはどうじゃ」

「さて、その儀は――」

　司書は困惑して言葉に詰まった。

　洗蔵が長州尊攘派を助けるために動き回っているのは事実だが、それがことごとく長溥の耳にまで達しているとは想像していなかった。

「月形には長州周旋のために金を与えておる。しかし、それは五卿(ごきょう)動座のためであって、長州尊攘派の軍資金としてではないぞ」

「いや、此度、五卿動座が決まりましたのは、高杉の承諾があったればこそでございますゆえ。月形はそれに報いようといたしておるだけでございます」

　司書が手をつかえて、懸命に弁じると長溥は顔をゆがめて笑った。

「わしはさようなことは命じておらぬ。主(あるじ)が命じぬことを勝手におのが思案でいたすのは家臣の道ではあるまい」

　ひややかな声で長溥は言った。ここは、洗蔵のためにも詫(わ)びた方がいい、と思った司書は手をつかえ、頭を下げた。

「まこと、仰せのごとくかと存じます。すぐさま月形を呼び戻しまする。不届きの段、それがしからもお詫び申し上げます」

「かほどまで言わねば気づかなかったのか。まこと、その方ら――」

　尊攘派はと言いかけて、長溥は口をつぐんだ。

　すでに決まったこととはいえ、五卿はいまだ九州へ動座したわけではない。五卿を迎え入れ、手の内に納めるまでは、洗蔵ら尊攘派を働かせねばならなかった。長溥は不快そうに顔をそむけた。

尊攘派との間に入った亀裂がしだいに大きくなり、黒々とした深い裂け目が見えてくるようだった。

年が明けた。

元治二年（一八六五）正月――

このころ円太は志士仲間で孤立していた。

円太は三条実美ら五卿の警衛にあたることで、志士仲間でも大きな顔ができていた。しかし、実際に五卿が筑前（ちくぜん）に行くとなると、脱藩した身である円太自身は五卿とともに行くことができない。

これまで五卿に近侍することで、時には使者となり、あるいは応接役として誰はばかることなく長州にいたが、これからは諸隊のいずれかに潜りこむしかなくなる。

多くの一流の志士と交わり、自らもそのひとりだ、と思うようになっていた円太にとって一隊士でしかなくなることは堪えがたかった。しかも諸隊の者たちは五卿動座に動いた円太を裏切り者として白眼視するようになっていた。

円太にとって、晋作が〈功山寺決起〉を行い、藩内での戦を始めたことも孤立を深めた。

攘夷や幕府相手の戦ならともかく、長州藩政府との戦では円太に出番はないように思えた。

（なぜ、わしが長州藩政府との戦で高杉の下につかねばならぬのだ）

納得がいかぬまま自分が進むべき道を見失った円太は諸隊の隊士と度々、悶着を起こし、あげくの果てに酒に溺れた。

脱藩して六年、しゃにむに尊攘派として動いてきた円太にとって突然、訪れた失速だった。円太を破獄させた獄吏の小藤平蔵はその後、奇兵隊に入った。

〈禁門の変〉で戦い、晋作の功山寺決起に到ったが、思いがけない転変が待っていた。

奇兵隊士たちの間で他藩出身の平蔵を疎んじる者が出ていたが、

――福岡藩の命を受けた諜者ではないか
という噂が広がった。藩で内戦を戦っている奇兵隊士たちは殺伐となり、猜疑心が強まっていた。まったくの誤解に驚いた平蔵は、隊士たちを前に、

「さようなことはござらん」

と懸命に弁明した。だが、奇兵隊士たちは疑いを解こうとはしなかった。

「お主は福岡藩の獄吏だったというではないか。ところが囚人を逃がして、尊攘派に潜りこんだ。藩の指図がなくてはできることではあるまい。そのような者の言うこと

が信じられるものか」

と罵られた。平蔵はもっとも言われたくない悪口にも黙って耐えた。獄吏の身でありながら囚人を助ける義挙を行ったと自負していた平蔵も世間の目は厳しいのだ、と思い知らされた。

追い詰められた平蔵は後に自らの潔白を証だてるため、腹を切ることになる。慶応二年五月十七日のことだ。だが、それでもなお隊士たちは、諜者が苦し紛れに切腹したのだ、とひややかに見るだけだった。

円太は、平蔵が窮地に陥っていると聞いて、

（平蔵は何のために長州に来たのか）

と思わずにはいられない。自分を破獄させるために脱藩した平蔵の成り行きが気がかりだった。

長州人は他藩の者に対しつめたいあしらいをするとは、かねてから思っていたことだった。いずれ自分にも同じようなことが降りかかるのではないか。いや、実際、薩長和解に動いてから、長州人が円太を見る目はよそよそしくなっていた。

半ば不貞腐れたような円太を案じた晋作は、俗論派藩政府との戦いのため軍艦癸亥丸で厚狭に向かうに際して、

「ともに行くべし」

と遊郭に居続けている円太に使いを出した。しかし、円太は酔いつぶれており、使いに対しても、

「なぜ、わしが行かねばならぬのだ。高杉の増上慢は甚だしいぞ」

と晋作への悪口も交えて罵詈雑言を浴びせ動こうとしなかった。使いの者から円太の様子を聞いた晋作は、天を仰いだ。

「円太君はついに身を誤ったか。如何ともしがたい」

晋作は円太を残して出発し、絵堂、大田の戦いで藩政府軍を破り、藩の実権を握った。しかし、それは同時に円太が長州での居場所を失うことでもあった。

酒楼にいる円太のもとを洗蔵が訪れたのはこのころだった。

初春の日差しが障子を明るく照らしていたが、部屋の中は陰鬱なまでに暗く、饐えた臭いが漂っていた。酒が抜けきらず、無精髭を生やし、目を赤くした円太の様子を見て洗蔵は顔をしかめた。

「円太、なぜ、さように拗ねた風をするのだ」

部屋に入って円太の前に座った洗蔵は単刀直入に言った。円太は顔をそむけて答えた。

「月形さんはいい。五卿動座と薩長和解をなしとげた。これからは殿の覚えもめでたく、諸国の尊攘派にも広く名を知られることになるのだからな」

「いや、わしはどうやらここまでのようだ。なぜだかわからんが、いままでわしを動かしてきたものが不意になくなってしもうた」

円太は呆然とした表情でつぶやくように言った。洗蔵は苦笑して言い添えた。

「それは一時の気の迷いというものだ。まだまだ円太がなさねばならぬことはあろう」

「月形さん、本当にそう思いますか。わしは天から見放され、御役御免になったような気がしてならぬのだ」

円太はうかがうように洗蔵を見た。洗蔵は一笑しようとしたが、円太のあまりに暗い顔を見てできなかった。

「もう役目が終わったというのか」

洗蔵は眉をひそめて言った。円太は大きくうなずいた。

「ひとはなすべきことがある間は天が守ってくれる。わしはこれまで窮地に陥り、牢にも投じられたが、恐いと思ったことはなかった。しかし、いまはなぜか無性に恐いのだ」

大きくため息をつく円太を洗蔵は無残なものとして見た。

間もなく洗蔵は福岡へ戻り、長溥に復命した。

三条実美ら五卿は一月十四日、功山寺を出て海路、馬関に寄った後、十五日には九州の黒崎に着いていた。

　随従する者は中岡慎太郎始め土佐の土方楠左衛門など三十数人に上った。五卿の一行は十八日に唐津街道の赤間宿に到着した。加藤司書が来訪して、

「五人の衆は無事に着船し、美濃守においては祝着に存ずる」

という長溥の言葉を伝えた。しかし、このおり司書は帯刀したままであり、長溥のあいさつも公卿ではなく無官の庶人に対するものだ、として五卿の間では、

「すこぶる朝威を軽んじる態度だ」

と不評だった。宿の門前には竹矢来が組まれ、番兵が立ち、五卿の外出を禁じるという罪人さながらの待遇だったことも五卿を憤激させた。

これを伝え聞いた西郷が大山格之助を福岡に派遣して五卿の待遇改善を加藤司書に掛け合い、竹矢来が撤去された。しかし、五卿の筑前入りにどことなく暗雲が漂う気配は消せなかった。

六

　一月二十日――
博多鰯町、那珂川沿いにある対馬藩御用達、対州問屋石蔵屋の裏手にある船着場に

夜陰に紛れて小舟が着けられた。

店の者が怪しんで主人の卯平(うへい)を呼んだ。卯平は町人ながら尊皇の志厚く、かつて福岡に亡命してきた高杉晋作を匿(かくま)ったこともある。

卯平が石段の上から提灯(ちょうちん)の明かりで、小舟をうかがい見ると、

「石蔵屋殿か、中村円太だ」

と円太の声がした。驚いた卯平が石段を下りて小舟に近寄ってみると、円太のほか女ふたりと下僕らしい男が乗っている。

「中村様――」

「すまぬ。匿ってくれぬか」

円太は手を合わせて卯平を拝んだ。放っておくわけにもいかず、卯平は円太たちを屋敷にあげた。腹が減っている様子の円太たちのために卯平は女中に命じて食膳(しょくぜん)を用意させた。

その間に様子を見ると、ふたりの女はだらしなく着崩れた派手な着物や濃い化粧などから遊女らしいと思えた。下僕は梅蔵というかねてから円太に仕えている男だ。

国事に奔走しているはずの円太が遊女らしい女ふたりを連れて博多に舞い戻ったことに卯平は異様なものを感じた。

「中村様、ここを動かずにいてくださいまし」

　そう言った卯平は女中に、円太たちに酒を出すよう言いつけると、店の入り口から外へ出た。闇の中を走って洗蔵の屋敷へと走った。

　門をくぐった卯平はしのびやかに訪ないを告げ、洗蔵が玄関に出てくると、声をひそめて、

「中村様がわたしどもの家に参られております。匿って欲しいとの仰せなのですが、いかがいたしましょうか」

「円太が戻ったというのか」

　洗蔵は目を瞠った。

「さようでございます。それも遊女らしい女をふたり連れておられます。様子がただ事ではございません」

「女連れだと」

　洗蔵は唇を噛んだ。円太が何を考えているのかはわからないが、自暴自棄になっているのではないかと思えた。

　脱藩して破獄した円太が博多に戻ったとわかれば、藩では必ず捕えようとするだろう。そして円太が捕まれば累は筑前尊攘派に及ぶに違いない。

　長溥は長州周旋の成功を認め、加藤司書を家老に登用するなど、尊攘派を藩政府に迎え入れようとしていた。

いま一歩で尊攘派が藩政を握るところまで来ていた。しかし、長溥にとってそれが本意ではなく、長州藩や薩摩藩との関わりの中で尊攘派に道を開かねばならない、という苦渋の決断であることを洗蔵は察していた。

もし、尊攘派に瑕疵があれば、すべては一気に崩れ去りかねない。円太はその火種になる恐れがあった。

「よし、わかった。わたしが円太に会おう。なんとしても博多から出ていかさねばならぬ」

洗蔵はすぐに江上栄之進ら同志たちに円太が戻ったことを報せる手紙を書いて卯平に託した。それから支度をして提灯を手に夜道を石蔵屋へ向かった。

凍てつくような空に星が出ている。歩きながらふと夜空を見上げた洗蔵は、天空の片隅でひとつ頼りなげに輝く星を見た。

(まるで円太のような星だな)

そう思うと、居場所を失い、国に戻ってくるなり、厄介者として扱われようとしている円太が哀れだった。しかし、そのような憐憫の情をかければ、同志たちの首に関わることになる、と思い直して洗蔵は道を急いだ。

石蔵屋について奥座敷にあがった洗蔵は苦い顔になった。円太は女ふたりを両脇に引き寄せ酌をさせて酒を飲んでいた。

円太のだらしない姿を見た洗蔵はかっとなった。ツカツカと近づくと膳を蹴ってひっくり返した。皿や酒器が畳に転がり、肴が飛び散って酒がこぼれた。

「円太、その様は何事だ。尊皇攘夷の志を忘れたのか。恥を知れ」

洗蔵が怒鳴りつけると、円太はげらげらと笑った。

「月形さんは相変わらず堅いことを言う。男子が酒を飲むのはおのれの志を生かすため、しばし憂さを晴らすだけのことですぞ」

「さような言い訳が通用すると思っているのか」

洗蔵は円太の前に座って睨みつけた。円太は顔をそむけ、傍らの女たちを抱き寄せながら、

「京では勤皇の志士が酒楼にあがり、美人の膝枕で英気を養うのは当たり前のことでござった」

「戯言は京で言え。ここでは、さように腑抜けた勤皇の志など誰も持ち合わせてはおらぬぞ」

洗蔵が吐き捨てるように言うと、円太は醒めた顔になった。

「では、わしはどうしたらよいというのだ。長州で高杉晋作によいように使われていろとでも言われるのか」

「それが尊皇攘夷のためならば、どのようなことでもやればよい」

「月形さん、あなたはわかっておらん。尊皇攘夷というが、これからは長州と薩摩の者が幅を利かせ、わしら他藩の者は奴らにこき使われるだけだ」

円太は肩を落として言った。

「なんだと」

「そうなるのが見えませんか。長州と薩摩が手を組めば幕府を倒すことができる。そうなれば奴らの天下だ。尊皇攘夷を唱えて駆けずりまわったわしらは奴らの天下を作るために奔走したことになりますぞ」

「馬鹿な、さようなことはない」

洗蔵は切って捨てるように言ったが、ふと押し黙った。円太の言うことにも一理あるのではないか、そんな気がしたのだ。

剛毅果断にして、ひとを率いる器量を持つ西郷吉之助と神出鬼没の行動力がある高杉晋作が手を結べば幕府にとって恐るべき敵となるだろう。

薩長和解の口火を切ったのは自分だけに洗蔵にはそのことがよくわかっていた。

洗蔵は腕を組んでぽつりと言った。

「それで国へ戻ってきたというのか」

「そうじゃ。筑前福岡藩が一丸となって尊皇攘夷の道を歩まねば薩長の後塵を拝して臍を噛むことになりますぞ」

円太は洗蔵にすがるように身を乗り出して言った。洗蔵はしばらく考えてから答えた。

「お主のいうことがわからぬではない。なるほど、薩長が天下を取れば他を顧みようとはせず、我欲に走る者も出てこよう。それは皇国のためによくないことだ。そうさせぬためにはわが藩が薩長に伍していかねばならないだろう」

言いかけて洗蔵はじっと円太の顔を見つめた。

「そうなるように、われらは努めておる。しかし、お主が戻ってくれば、すべてはご破算になるのだ。お主の居場所はここにはないのだ。しばらく他国で辛抱しろ、われらが藩をまことに動かせるようになった暁にはお主を必ず迎え入れる」

ゆっくり諭すように言う洗蔵の言葉を円太はうなだれて聞いた。やがて、ぽたぽたと大粒の涙が畳に落ちた。

「そんなことはできん。わしは尊皇攘夷のために働きたいと思って今まで命懸けでやってきた。なぜ、それが許されんのだ」

絞り出すように言う円太の肩は小刻みに震えた。洗蔵がたまりかねて、

「円太、わたしの言うことを聞かぬと、何が起きるかわからぬぞ」

と言うと、円太はゆっくりと顔をあげた。洗蔵はぎょっとした。円太はせせら笑っていた。

「どうとでも好きなようにしてくれ。五卿動座はわしがいたからこそできたことであるのを忘れてもらっては困る。月形さんはその功により藩で出世するつもりだろうが、肝心のわしを置いてけぼりにするのはひどかろう」

いままで見たこともないような虚ろな顔を円太はしていた。

(こ奴、追い詰められて気が鬱したあまり、正気を失ったのか)

不気味なものを感じて洗蔵は口を閉ざした。

翌日から江上栄之進や筑紫衛ら円太の長年の友人であり、同志であった者たちが石蔵屋を訪れては説得にあたった。

「一日も早く博多を去れ」

「藩吏に見つかったら何とするぞ」

皆が激しい口調で退去するように迫ったが、円太はいっこうに言うことを聞かなかった。あげくには、昂然として、

「これからは薩長同盟をまとめるのがわしの仕事だ。諸君はわしのなすところを見ておればいいのだ」

と言ってのけた。同志との激しいやり取りが交わされるうちに数日が過ぎた。

この間、円太はふたりの女を連れて太宰府に参詣するなど、勝手気儘に振る舞い、

同志たちの顰蹙を買った。円太は女ふたりと誰はばかることなく痴態をさらしており、もはやかばい立てする者はいなくなった。

そんなある日の夜、円太は不意に洗蔵の屋敷を訪れた。洗蔵は円太を部屋に招じ入れると、

「お主、一身の死のことはいまさら言うまい。それよりもお主のために同志がことごとく斃れてしまうことをどう思っているのだ。お主は同志を殺すために帰ってきたのか。こうなれば議論も糸瓜もない。博多から去らずば、わたしが手討ちにするまでだ」

赤く泣き晴らした目で叱り飛ばすように言った。だが、円太は平気な顔で、

「わしは深慮があってやっているのだ。死などもとより、恐れるものではない」

と嘯いて座を立った。それから洗蔵のもとを訪れることはなくなった。


洗蔵はじりじりとしながら、同志の説得に円太が応じるのを待った。しかし、いっこうにその様子はなかった。

思い余った洗蔵は二十五日、近くに住む鷹取養巴を屋敷に呼んで相談した。養巴は代々医師の家系で藩医でもあるだけに物事の判断が穏やかだった。

「円太をなんとか救いたい。強引に博多から連れ出す法はないだろうか」

養巴は洗蔵の話を黙って聞いていたが、やがて声をひそめて言った。

「月形さん、同志たちはもう堪忍袋の緒が切れたようだ。円太を斬ろうという声があがっていますぞ」

「なに、円太を殺すというのか」

洗蔵は息を呑んだ。

「そうです。このままではいずれ、円太は藩吏に捕縛されましょう。さすれば尊攘派は次々に連座させられて捕えられ、よくて切腹、悪ければ罪人として斬首になりかねません。皆、それを恐れているのです」

「わが命惜しさに同志を斬るなどということはあってはならぬ」

「わが身かわいさのためだけではありますまい。五卿動座により、尊攘派が藩政を動かせるところまで来たのです。それを円太の我儘でつぶすことはない、と皆、考えているのです」

薩長和解をなしとげ、五卿を手の内にしたいま筑前尊攘派は大きな飛躍の時を迎えようとしていた。

ここで尊攘派が藩政を掌握して、薩摩や長州と盟約を結べば五卿を擁している筑前尊攘派が盟主の地位につけるかもしれない。まさに千載一遇の好機だった。しかし、洗蔵は頭を振った。

「できぬ。たとえ、どうあろうとも同志を殺しては大義がたたぬ」

「さように思われますか」

養巴はため息をついた。


翌二十六日には筑紫衛が洗蔵を訪ねてきた。

衛は激しい気性だけに、のっけから、

「月形さん、もはや猶予はなりませんぞ。江上栄之進殿を始め、われら同志十人は円太を自決させることに決しました。なにとぞ、お許し願いたい」

と青ざめた顔で言った。

「ならん。仲間を殺して終わりを全うした者はおらん。さようなことをすれば、亡びの道を歩むだけだ」

「さように言われますが、円太をいまのままにしておけば、われらはすぐさま亡びましょう。悠長なことは言っておられんのです」

洗蔵は膝をあらため、声を高くした。

「中村円太は脱藩以来、京や江戸、長州を駆け回り、六年の間、一命を賭して国事に奔走してきた。此の度の五卿動座にあたっては、精魂傾けて働いたことをわたしは知っている。まことに精忠の士というべきだ。いまの円太に瑕瑾があろうとも殺すべきではない。皆がどのように思おうと洗蔵ひとりは同意せんぞ」

きっぱりとした洗蔵の言葉を聞く衛の目に涙が滲んだ。

「われらもさように思ってはいるのです。さりながら、このままでは円太のために皆が破滅いたします。さすれば円太がいままでなしてきたことも水泡に帰すではありませんか。そうなっては円太のためにもならない。だからこそ、潔く腹を切らせねばならぬと思うのです」

衛の言葉には真情が籠っていた。

「その気持がわからぬとは言わぬ。だが、切腹などと言葉を飾ろうと、つまるところ死を強いるだけではないか。同志がなすべきことではない」

洗蔵の目から涙があふれた。

ふたりは睨み合ったまま、ついに言葉を発さなくなり、衛は蹌踉として刀をとると辞去した。その寂しげな後ろ姿を洗蔵は呆然として見送った。

この日の夜、円太は石蔵屋の奥座敷で酒を飲んでいた。

昼間、円太が博多にいることを心配した対州藩の家老平田大江から五十両を旅費として贈られていた。この金で円太は船頭を雇って船を仕立てることができた。

卯平は、ようやく円太が出て行くと喜んだ。だが、円太は金を手にするとすぐに酒を用意させ、女たちを相手に飲み始めた。卯平がさすがに顔をしかめて、

「中村様、もはや船の支度はできておりますぞ」

とうながすと、円太は酔眼を卯平に向けて口をゆがめた。

「なんだ、貴様までわしを厄介払いしたいのか。ならば出てはいかん。今夜は飲み明かすぞ。船頭は待たせておけ」

「さようなわけには参りませぬ」

卯平は店の男衆を呼んで、皆で酔った円太をかつぎあげるようにして座敷から庭に下ろし、さらに裏口にまわって船着場への石段を下りていった。

両脇から抱えられた円太は足取りも覚束ない様子で、

「何をする。放せ、放せ。わしはどこへも行かんぞ」

とわめいた。円太の下僕である梅蔵が刀を捧げ持ち、女ふたりは何事か囁きかわしながら後ろからついてくる。

卯平が見上げると月が出ている。大きく欠けた青白い月で見つめるとなぜか背筋がひやりとした。嫌な予感がして、円太を早く船に乗せるよう声をかけようとした際、船着場にひとが立っているのに気づいた。五、六人の武士だ。

卯平はあわてて船着場に下りていくと、

「お客様はただいまから船に乗られ、旅立たれます」

と武士たちに向かって言った。

「まことであろうな」

武士のひとりが疑わしげに言った。

「間違いございませぬ」

卯平が懸命に答えた時、背後から円太が野太い声で、

「わしはどこにもいかんぞ」

と叫んだ。ぎょっとして卯平が振り向くと、円太は梅蔵が持っていた刀をとり、鞘を払った。

「中村様、何をなさいます」

卯平が悲鳴のような声をあげるのと同時に円太はわめき声をあげながら武士たちに斬りかかった。

酔って足もとが危ない円太はいたずらに刀を振り回すだけで、武士たちは斬り込みを容易にかわすと、ひとりが円太に飛びかかって刀をもぎとり、もうひとりが後ろから組み付き、腕をまわして円太の首をしめた。

円太が気絶してがくりと首をたれると四人がかりで抱え上げた。武士のひとりが卯平の前に立って、

「見たであろう。この男はいまわしらを斬ろうとした。もはや同志でもなければ友でもない。自決させるによって、騒ぎ立てるな」

と悲しげな声で告げた。卯平は何も言えずに立ち尽くした。月の光が円太をかついで去っていく武士たちを青白く照らしていた。

翌朝――

同志のひとりが洗蔵のもとに円太の死を報せた。

「そうか」

洗蔵は言葉少なく言って目を閉じた。

円太を捕えた武士たちは博多奈良屋町の報光寺に入った。月に照らされた境内は杉が影を落とし、森閑としていた。

武士たちは本堂の隅で円太を取り囲んだ。だらしなく俯せになっていた円太はようやく酔いが醒めてきたのか起き上がると座りなおした。

「やはり、わしを斬るのか」

円太が虚ろな表情で言うと、武士のひとりが、

「やむを得ぬのだ。それはお主もわかっておろう」

と絞り出すような声で言った。しかし、円太はゆっくりと頭を振った。

「いや、わからぬ。こうならずともよい道があったはずだ。それをわしは見つけられなかったが、それはお主たちも同じことだ。いや、探そうともしてはおるまい。ただ、

おのれがかわいいだけではないのか――」

円太が言い終わらぬうちに、

――覚悟

武士のひとりが叫んで円太の背中に斬り付けた。円太の体が弾けるように前のめりになって倒れた。

円太は一瞬で絶命していた。武士のひとりが円太の右手に脇差を握らせて切腹したように見せかけた。取り巻く武士たちの中から、

「許せ、円太――」

という声とともにすすり泣きがもれた。倒れた円太を見下ろしたまま武士たちは動こうとしなかった。夜が明けると、江上栄之進ら三人の名前で藩に、円太が前非を悔いて切腹し、同人の望みによって介錯したと届け出た。

詳しい話を聞いた洗蔵はうなずいた。この時、なぜか三条実美が筑前に入ってすぐに宿した黒崎の脇本陣で残したという歌を思い出していた。

月と日の清き鏡にはじざるは赤き心の誠なりけり

洗蔵が月であるとするなら、円太は陽光のように明るくほがらかな男だった。ともにひとに恥じることのない赤誠を持っていたはずなのに、なぜこのようなことになってしまったのか、と洗蔵は慟哭した。

朝から霰が降る日だった。

七

三条実美ら五卿が赤間を出て、太宰府に入ったのは二月十五日のことだ。

藩主黒田長溥から五卿それぞれに博多帯一筋、鴨三羽ずつ、随従の武士には金五百疋が贈られた。

福岡藩から五卿につけられた警衛は物頭四人、足軽二十人。それと番頭二騎、足軽三十人、馬廻二十人、用弁方三人、医師ひとりだった。五卿への応接方として洗蔵も太宰府に赴いた。

加藤司書が家老に就任し、尊攘派が藩政を握ったかに見えた。だが、このころ幕府は福岡藩に五卿を江戸に護送するよう命じてきた。これに対し、おりから太宰府入りした西郷は洗蔵と対応を協議した。

二十四日には五卿を警衛している薩摩、筑前、久留米、肥後、肥前五藩の代表者会議を開いて、五藩の使節を京に送り、五卿の江戸移送に反対することを決めた。

西郷は洗蔵を筑前藩使節とするよう推薦したが、長溥は許さなかった。尊攘派に対する不信の念を深めていたのだ。

中村円太が同志の手によって殺されたことは長溥の耳にも入っていた。脱藩し長州尊攘派のもとに走った円太は長溥にとって不忠の臣に過ぎない。

その死を惜しむ気持はなかったが、必要とあらば同志すら殺してしまう尊攘派を嫌悪した。尊攘派はこれまでにも宗旨奉行の牧市内を暗殺しているし、重臣である立花弾正の命を狙っているという噂が絶えなかった。

尊皇や攘夷の志が同じ藩内で殺し合うことにつながるものだとは長溥には思えない。

(彼奴らは、大義を口にしつつ、おのれの我欲のままに動いているに過ぎない)

その首領が洗蔵だと長溥は見ていた。

二月に長溥は尊攘派の加藤司書と矢野相模を家老に登用したほか、大目付、勘定奉行、御用部屋にも尊攘派を加えた。

ところが、これに反発する家老始め、御用人衆、御納戸役、裏判役、御側筒役などが相次いで御役御免を願い出て藩内は混乱していた。

尊攘派は敵対する重臣たちを因循派と呼んでおり、この事態は藩内で、

――因循家重役残ラズ引キ入リ

とされた。この事態の最中、三月に入って、加藤司書は家老連署で建議書を長溥に提出した。時代の混迷の中で藩論を統一すべきだという意見書だったが、長溥にとって見過ごしにできないのは、幕府に対する姿勢で、

「幕府のご機嫌うかがいばかりではなく、有事の際には一藩の独立を考えるべきで、割拠するぐらいの心で富国強兵を実現しなければならない」

と幕府を無視し、独立を貫こうとするのは、このころ高杉晋作の決起により、尊攘派が政権を握った長州と同じ方針だった。建議書を読んだ長溥は一瞬、顔色を変え、

「なんだ。これは――」

とつぶやいた。

このまま尊攘派を放置すれば、藩を乗っ取られ、倒幕への道に引きずりこまれかねない。五卿を迎えたことで太宰府が拠点となり、九州各地の尊攘派が好き勝手に動こうとしているのではないだろうか。

長溥は三月十一日、五卿への応接掛として太宰府に赴かせていた洗蔵を呼び戻し、二十四日には解任した。

もはや洗蔵の弁明を聞こうともしなかった。

潔は福岡の屋敷に戻った洗蔵を訪ねた。屋敷を訪ねる途中の道沿いには、まだ遅咲きの桜が残っている。桜がなぜかはかなげに見えた。

風が吹く。桜の花びらが宙に舞った。潔はしばらく呆然として佇んでいたが、やがて思い直して洗蔵の屋敷の前に立つと閉じられている門を叩いた。

門がわずかに開いて梅子が顔をのぞかせた。少しやせて面やつれしたようだ、と潔は胸が詰まった。

「洗蔵さんは、おられますか」

潔が声を低めて訊くと、梅子はかすかにうなずいた。

「御役御免になって謹慎いたしておりますから」

わかりきったことだが、あらためて口にして梅子の表情は暗くなった。これまでにも洗蔵は咎めを受けてきたが、今度はいままでとは違うという気がしているのだろう。

それは潔も同じだった。

長州周旋で抜群の働きをした洗蔵が藩主から疎まれるのはよほどのことだ。長溥の怒りの激しさは伝わってきていた。

潔は梅子に招じ入れられて書斎へあがった。

洗蔵は書見台に向かっていたが、顔は庭に向けられていた。振り向きもせずに、

「潔か――」

とぽつりと言った。潔は座って、

「このたびは御役御免になられたとうかがいました」

と口にした。洗蔵は庭に目を遣ったまま言葉を継いだ。

「ひとの世は難しいな。いかに赤誠をもって臨もうとも、思いは届かず。却って災いのもととなるようだ」

洗蔵の口調に込められた陰鬱な響きが潔を驚かせた。これまで洗蔵はどのような苦境に陥っても鋼のような強さではね返してきた。

「さように仰せられては洗蔵さんらしくもありません」

「いや、近頃、ようやくわかってきたのだ。何事かをなそうとして進めば必ず、阻もうとする者が出てくる。この者を退ければそこに恨みが生じ、今度はこちらが退けられる。そうなれば、後はおたがいの恨みが繰り返されるだけのことだ」

「それでは正義は行えないということでしょうか」

潔は洗蔵の絶望の深さに動揺しながら訊いた。

「恨みを報いあって、最後に生き残った者がすなわち正義なのかもしれぬ」

洗蔵が諦念を滲ませて言ったとき梅子が茶を持ってきた。盆に載せたふたつの茶碗

を洗蔵と潔の前に置くと、そのまま傍らに座った。

潔は頭を軽く下げてから茶碗に手をのばした。すると、風に運ばれてきたらしい桜の花びらが手にのった。それを見て、洗蔵は微笑を浮かべた。

「おう、風雅だな。ひとがどのように醜く争おうとも花は常に美しく咲く。われらは大いなるものに生かされているだけということかもしれぬ。されば散り時も心得ておかねばなるまいな」

洗蔵の言葉を聞いて梅子は眉をひそめて口を開いた。

「散るなどと不吉なことをおっしゃらないでいただきとうございます。兄上や尊攘派の皆様はまだ花を咲かせてはおられないと思います。それなのに散るなどとは気が早すぎるのではありませんか」

涙をこらえて切々と訴える梅子の言葉に洗蔵は長嘆息した。

「まさに、梅子の申す通りだな。われらはいまだ天子様の世を見ておらぬゆえ、花を咲かせたとは言えぬ。しかし——」

洗蔵は言葉を切って、しばらくしてからうめくように言った。

「咲かぬままに散る花もあるやもしれぬ」

庭先に桜の花弁が舞い落ちていた。

四月になって幕府は長州再征を決めた。

この月、元治から慶応へと改元された。晋作の決起により、長州では俗論派政府が倒れ、尊攘派が政権を握った。幕府はかつての尊攘派長州が甦ったことを見過ごすことができなかったのだ。

藩をあげて長州周旋に取り組んだ努力が無駄になったと知った長溥は愕然となった。しかも、長州周旋の功を認めて尊攘派を登用したために藩内は混乱し、五卿という火種も抱え込んでしまった。

尊攘派は幕府の長州再征を阻止するために動き出すだろう。その前になんとかしなければならない。そう思っているところに五月になって因循派の家老浦上数馬が尊攘派によって狙われているという話が伝わってきた。

夜になると数馬の屋敷の周辺に怪しい人影がうろつくのだという。評定が長引いて夜遅く数馬が屋敷に戻ると、近くの路上にたむろしていた男たちが、

「奸物、いつまでも、その首が胴についていると思うなよ」

と声をあげて、すぐさま闇に消えた。このときは脅しだったが、いずれ刺客が襲ってくると考えられた。

（またしてもか――）

すでに洗蔵を御役御免にしていたが、それだけでは手ぬるかったことを長溥は知っ

た。長溥は家老たちを召し出し、尊攘派に対し、厳しく対処することを告げた。

「まことにございましょうや」

重臣の顔がいっせいに明るくなった。

「まことじゃ。もはやほかに道はない」

長溥は決然として言い切った。迷う気持はまったくなかった。むしろこれまで我慢を重ねてきた尊攘派に鉄槌を加えることができると思うと爽快ですらあった。

「ありがたき仰せにございます」

重臣たちが平伏するのを長溥は満足げに見遣った。このおりの決断を後年、慚愧の念をもって後悔するとは長溥は夢にも思わなかった。


慶応元年五月二十三日、加藤司書が罷免された。

尊攘派政権はわずか三ヵ月の短命で終わり、残ったのは長溥と尊攘派の抜き差しならない対立だけだった。

自宅で謹慎していた洗蔵のもとに司書が退けられたという報せが尊攘派の同志たちによってもたらされた。

「月形さん、これは大変なことになりますぞ」

夜中に洗蔵のもとをひそかに訪れた筑紫衛が深刻な顔をして低い声で言った。

「殿にわれらの赤心をおわかりいただけるのを待つしかないであろう」

洗蔵はむっつりとして答えた。衛は睨みつけるように洗蔵に目を向けた。

「いや、わたしは前々から思っていましたが、殿はわれらを敵だとしか思っておられぬのではありますまいか」

「ではどうするというのだ」

「脱藩して長州へ行きましょう」

衛は膝を乗り出した。洗蔵はゆっくりかぶりを振った。

「無駄だ。円太のことを忘れたのか。他国の者が長州に行っても、所詮、使い捨てられるだけだ。藩を尊皇攘夷の大義でまとめてこそ、われらは諸国の志士に重んじられる」

「しかし、それはもはやかなわぬ夢ではありませんか」

衛が嚙みつくように言うと、洗蔵は目を光らせて見返した。

「かつての辛酉の獄を思い出せ。あのおりも尊攘派は弾圧されたが、返り咲いたのだぞ。いま幕府軍が長州に迫り、殿は動揺しておられるだけだ。われらの斡旋によって薩摩と和解した長州は幕府軍に勝つ。そうなれば、殿はふたたび尊攘派を用いねばならなくなろう」

洗蔵に説かれて、衛は言葉に詰まり、黙り込んだ。しばらくして、不安げに、

「まことにそうなるでしょうか」

とつぶやいた。洗蔵に訊くというよりも、自分に問いかけるかのごとくだった。

「そうなることを望むしか、われらにできることはないのだ」

洗蔵もまた自分に言い聞かせるかのように言った。


六月十八日夜――

尊攘派の御使番衣斐茂記が家老黒田播磨の子息大和を屋敷に訪ね、部屋で対座してある計画を打ち明けた。

太宰府の五卿を播磨の知行所である三奈木へいったん移し、さらに薩摩へ動座して五卿を擁して九州尊攘派の決起を図るというものだった。

あまりに大胆な謀だけに大和が驚き、

「さようなことがまことにできるであろうか」

と訊くと、茂記は目を光らせて、

「幕府は長州再征にあたり五卿の引き渡しを求めてくるに違いない。もし五卿を幕府に引き渡すようなことになれば、筑前尊攘派の面目はつぶれますぞ」

と声を低めた。

「とは申しても、殿がさようなことはお許しにならないだろう」

大和が眉をひそめると、茂記は膝を乗り出した。

「その場合には、畏れ多いことながら殿を犬鳴山御別館に押し込め奉り、ご世子長知様を藩主に押し立て尊攘の大義を行うのみ」

「なんだと」

大和は容易ならざる話に目を剝いた。犬鳴山御別館とは領内の東部、犬鳴峠を越えた地に建造が進められている藩主の別荘だった。

御別館とは言いながら、石垣をめぐらし大手門を設けて番所が置かれ、敷地内に足軽の長屋や武器庫などもある。

まわりは山に囲まれており、籠れば敵を防げる城の様相を呈していた。この御別館について司書は、

「嘉永以来黒船はしばしば我が国をうかがっている。海岸に近い福岡城は海上の黒船から砲火を受けやすい。洋夷との戦になった場合に殿をかくまうための〈逃げ城〉を建てねばならぬ」

と主張して築造を進めた。しかし、司書が長溥を押し込め、幽閉することを目論んでいるのではないかとの噂が根強かった。

（これはどうしたものか）

大和は額に汗を滲ませた。黒田播磨はかねてから司書らと親しいが藩主の身に危難

がおよぶとあっては見過ごしにできない。

どうするかと迷っているうちに、この夜の話が藩内に洩れた。茂記の話は必ずしも尊攘派すべての知るところではなかった。

司書のまわりの者たちがひそかに話し合った策のひとつに過ぎず、洗蔵も与り知らなかった。しかし尊攘派に反感を持つ重臣は、この噂に尾ひれをつけて長溥に言上した。

長溥は激怒した。

「おのれ、さようなことまで企みおるか」

もはや、尊攘派を意見の相違により対立する家臣と見做すべきではない、と思った。藩主に対し謀反を行おうとしている逆臣ではないか。

長溥の脳裏に洗蔵の精悍な風貌が浮かんだ。不敵な面構えがいかにも逆臣にふさわしいものだと長溥は感じた。

(あの男の正体がついにわかった)

永年、胸に刺さった棘のように気に障っていた洗蔵を憎むことができるのが、長溥には心地好くさえあった。

「容赦はせぬ」

長溥は非情な面持ちでつぶやいた。

藩内を駆け巡る、

——犬鳴山御別館事件
の噂は洗蔵の耳にも入った。

（なぜ、かような噂が出たのか）

部屋から庭を眺め遣りつつ洗蔵は苦い思いで首をひねった。洗蔵にとっては、まったく思いがけない噂だった。かつて一度もこのような謀をめぐらしたことはなかった。

しかし、考えないでもおよその見当がつくのは司書の周辺にこのような思い立ちをしそうな者がいるということだった。

（加藤様のまわりの者たちなら、あるいは企てるかもしれぬ）

そう思うとぞっとした。

洗蔵を中心とした尊攘派と司書のまわりの上級武士の尊攘派の間にはわずかながら隔たりがあり、おたがいを疎んじる場合さえあった。

（加藤様は甘い——）

洗蔵は噂の出所は司書周辺だと見て取り、舌打ちする思いだった。しかし、たとえ出所がどこであれ、藩主を押し込めようとしたのではないかとの疑惑が出たからにはただではすまないことは目に見えていた。

(——脱藩すべきか)

事あるごとに、軽々と藩外へ飛び出し、しかも自分が必要とされていると見れば風のように藩に戻る高杉晋作を洸蔵は思い浮かべた。しかし、それは上士の家に生まれ、藩主から全幅の信頼を得ている晋作だからこそできるのだ。

一方、薩摩の西郷は勤皇僧月照(げっしょう)をかばって薩摩の錦江湾(きんこうわん)に身を投げて入水自殺を図ったことがあるという。

二度にわたり遠島になり、藩主の父として威を振るう島津久光との間は冷え切ったものだと言われる。しかし、それでも西郷は藩の舵取(かじと)り役として返り咲き、いまや天下を動かしてさえいる。

遠島になった際、西郷といえども絶望するおりがあったはずだ。しかし、命を長らえたからこそ、いまの西郷がいるのだ。

目指すとするならば晋作よりも西郷だろう。艱難(かんなん)に耐え忍んだ後に、おのれのなすべきことを行うのだ。それしか道はない、と思った。

(堪えねばならぬ。堪えて風向きが変わるのを待つのだ)

洸蔵は自分に言い聞かせた。しかし、もし長溥が尊攘派への憎悪を募らせていたとしたら、どうだろうか。考えはそこに及ばざるを得なかった。

洸蔵は円太の顔を思い描いた。

（円太よ、お主はわたしたちを怨んでいるのか。もし、そうならお主の呪いがわたしたちに災厄となって襲い掛かるかもしれぬ）

胸中で円太に語りかけた洗蔵は静かに目を閉じた。

その時、洗蔵は部屋の隅でひとが笑う声を聞いたような気がした。はっとして、目を開けてあたりを見回したが、誰もいない。

庭に目を戻すと、また背後でかすかな笑い声がするのを聞いた。ひそやかで、ひとを嘲るような笑い声だった。

（幻聴か――）

洗蔵はぞっとした。

六月二十四日――

洗蔵始め尊攘派三十九人に謹慎、逼塞が命じられた。筑前尊攘派を弾圧する、

――乙丑の獄

の始まりだった。洗蔵はこれまでにも数度にわたって重役預けなど幽閉されたことがある。中でも、最も長期にわたったのは、〈辛酉の獄〉において、家禄を没収され、御笠郡通古賀村で幽閉された時で二年一ヵ月におよんだ。

狭い獄舎に押し込められたため、出獄した時には、腰が萎え、足が立たず、しばら

く馬にも乗れないほどだった。

それでも、この時の洗蔵は屈することなく前途に光明を見出そうとしていた。しかし、此度、一族預けとして自宅で幽囚の身となった洗蔵にはこれまでとは違う焦慮と不安があった。

自宅にいるだけに過酷な取扱いを受けるわけではない。しかし、それだけに真綿で首を絞められるような不気味さがあった。

藩ではすでに処分の内容を決めているのではないか。だからこそ、あえて洗蔵の取り調べを急がないのかもしれない。

(殿はわれら尊攘派をことごとく斬るつもりではないか)

真っ黒い恐れが洗蔵の胸に湧いていた。

これまでは死を恐れず、進退を処してきた。幽閉されれば、この世を去る覚悟を常に定めていた。しかし、いまは違った。

(ここで、死ぬわけにはいかん)

洗蔵の働きによって、薩摩と長州の間に和解の道が開けた。すでに晋作は決起し、長州藩を掌中に収めた。

さらに西郷は長州と手を結び、倒幕に乗り出そうとしている。傑出したふたりが手を組めば、幕府による長州再征は挫折し、世の中は大きく変わるだろう。

その時、福岡藩が時流に乗り出すためには、薩長和解を成し遂げた自分がいなければならぬ。いや、そこからが自分の最も大きな働き場所となるはずだ。

洗蔵は初めて命が惜しい、と思った。

生き永らえて、果たさねばならない天命があるからには死にたくなかった。だが、長溥の思惑はどうなのか。そして、気になるのは、円太を死なせてしまったことだった。

筑前尊攘派にとって円太が非業の最期を遂げたことは不吉な前兆ではなかったのかと思えてならない。

同志を殺した者はたどるべき道を失うのではないだろうか、という不安が洗蔵を捕えて放さなかった。

薄暗い部屋に正座した洗蔵の額にねっとりとした汗が浮かんでいた。


尊攘派への過酷な取り調べが始まった。

洗蔵が追及されたのは、長州周旋にあたって使った金の行方だった。洗蔵は長州藩への政治工作のために藩金数千両を使っていた。

このうち、晋作の功山寺決起に際して軍資金として数百両を贈り、円太にも百両を用立てていた。精算書を何通か出していたが、晋作に贈った軍資金の説明がつかず、追及された。

「その方は藩金を流用し、何を企んだのだ」

目付の尋問は執拗を極めた。洗蔵は弁明に努めたが、晋作の決起への支援は明らかに長州周旋という任務からは逸脱するものだった。言葉に窮した洗蔵が黙り込むと、目付は居丈高に、

「返答できぬは、罪を認めたとみなすが、それでよいのだな」

と決めつけた。洗蔵は唇を嚙みしめて目を閉じた。

晋作の決起への軍資金の援助は尊攘派が天下を制した際、大きな功績として認められ、福岡藩の面目を保つはずだ。しかし、藩政府はいま、その功績を自ら投げ捨てようとしている。

（やむなし、これも天命か――）

洗蔵の胸にしだいに諦観めいたものが生まれてきていた。

同志の早川勇も自宅の座敷牢に入れられ、番会所に呼び出されて円太の破獄の経緯について糾問された。尊攘派への取り調べはしだいに厳しさを増していった。座敷牢の中に木枠の檻を作って、閉じ込められた。

同志のひとり江上栄之進は衣服を脱がされ、素裸で胴体を縄で縛り、獄卒が頭と手足を押さえて粗莚に仰向けにされて尋問された。

答えないと漏斗によって、鼻や口に海水を注がれた。その苦痛はたとえようがなかった。このため、むしろ死を望んで数日間、絶食したうえで寒夜に裸になって凍死しようとしたが獄吏に見つかり、蘇生させられた。

九月に入って、洗蔵は枡木屋の獄に投じられた。下獄する前、あらためて、

――恐れながら奉願口上覚書

という嘆願書を藩に提出した。薩摩の西郷とともに行った長州周旋が幕府の嫌疑を受けているのなら、むしろ、藩として弁明してもらいたいと願った。

また、長州周旋において落ち度があったとするなら、自分たちを処刑して、藩内の結束を図るのもやむを得ないが、それが自分の頑迷さから招いた不審であるのなら、お許し願いたい、とするものだった。

護送されて枡木屋獄に向かいながら、洗蔵はなおも長溥への願いが聞き届けられるのではないか、と微かな希望を抱いていた。

(長溥公は英明におわす。われらの処分は重くても遠島なのではないか)

遠島ならば、また復帰して尊攘派として動くことができる。

洗蔵はそのことに望みを見出そうとしていた。しかし、枡木屋獄に入ってみると、すでに投獄されていた同志たちが取り調べの行き帰りに合わせる顔には憔悴と絶望の色が浮かんでいた。

洗蔵は同志たちの望みを失ったかのような表情から目をそむけた。

長溥は居室で沈思黙考していた。

尊攘派への処分はこれでよいのか、と冷静になって考えてみようとした。

藩主であるからには、一時の怒りにまかせて藩士を断罪するようなことがあってはならない、と思った。しかし、落ち着いて考えようとするたびに洗蔵の顔が浮かんだ。

（あの男は天朝在るを知って、主君在るを知らない）

尊皇の志士は天皇をあがめるが、そのためには主君をないがしろにして憚るところがない。天子への忠義を言い立てることによって藩主への忠を捨て去るのが、志士と称する者たちなのだ、と長溥は思っていた。

「放置するわけにはいかぬ」

長溥は独り言を言った。それとともに自分が何を考えているかがはっきりとわかった。尊攘派の志士はいずれ主家を亡ぼし、天皇に所領を差し出そうとする者たちなのだ。しかも、そのことが自らはわからず、忠義の士であるかのように振舞っている。

（あのような者たちにまことに天子様への忠節があろうはずがない）

おのれらが主君を忘れて我儘に振舞いたいがために天皇を擁しているに違いない、と長溥は思った。

「許せぬ」

断じて許してはならない。もし、許せばいつの日にか黒田家が滅ぼされてしまうだろう。それは避けねばならない。

座敷の薄暗い片隅に端坐する洗蔵の姿が浮かんだ。すかさず長溥は洗蔵の顔に向かって激しい口調で、

「下がれ、そなたの顔など見とうない」

と言った。洗蔵は恨みがましい目を長溥へ向けたが、その姿はやがて薄くなったかと思うとゆらぐように消えた。

九月六日――

尊攘派の筑紫衛は取り調べが過酷であることに絶望した。

(このままでは、尊攘派はことごとく死罪になるに違いない)

衛は屋敷の便所の汲み取り口から脱出し、下帯だけの真っ裸で那珂川を泳いで、逃走を図った。藩庁では衛の脱走に気づくや、すぐに衛の人相書を手配して奉行所の役人らが行方を追った。

役人たちが衛の行方を追って四日目、箱崎の浜に衛の水死体が打ち上げられた。

衛は脱出して那珂川を泳ぎ、河口にいたろうとしたが、八十日におよぶ幽閉と取り

調べにより、体が衰弱しており水死したのだ。

このころ、洗蔵の従兄弟、潔も枡木屋獄に収監された。洗蔵が罪に問われたことに連座してのものだった。拷問まではされなかったが、洗蔵の行動について知っていることはないか、と厳しく糾された。

「わたくしは何も存じませぬ」

潔が懸命に答えると、洗蔵についてどのように思っているか、と巧みに訊かれた。

「従兄弟であり、学問の師であります」

潔の答えに目付は目を光らせた。

「ならば、そなたも不逞の者たちの一味であるな」

「不逞とはいかなることでしょうか」

たまりかねて潔が反論すると、目付は口をゆがめて答えた。

「殿のご意向をないがしろにいたし、藩政を壟断いたすも許し難いが、藩の重臣を襲い殺め、囚われれば破獄いたすなど、そのなすところ夜盗の類と変わるところがない。不逞と申して何が悪い」

潔が口惜しげに押し黙ると、目付はさらに言葉を継いだ。

「それだけではないぞ。尊攘派と言いながら、なすところは無頼の徒と変わらぬ。いや、無頼の者たちでも、おのが仲間はかばうであろう。ところが尊攘派の者たちはおのが同志を殺しておる」

目付は殺された尊攘派の名を、

――中村円太
と告げた。

（まさか、中村様が――）

潔は息を呑んだ。円太は何事か不祥事があって自害したのだ、と洗蔵から聞かされていた。同志から殺されたなど、信じられることではなかった。目付は潔が当惑の色を浮かべたのを見て、

「ほう、そなたは知らなかったようだな」

と低い声でつぶやいた。

「さようなことは、まったく知りません」

「そうか。しかし、知らぬといって通る話ではないぞ。そなたの従兄弟の仲間がやったことは知れているのだ。明らかになれば、そなたも連座の罪から逃れることはできんぞ」

目付は脅すように言ったが、単なる暴言ではないだろう。

円太を同志たちが殺したと明らかになれば、尊攘派は藩内での信頼を失い、藩政府はどのような極刑でも行いやすくなるだろう。

潔は身震いした。尊攘派はいまや存亡の淵に立たされている。地獄に通じる黒々とした穴が足もとに広がりつつあるのだ。

十月二十三日――

夕方になって入獄していた洗蔵たち尊攘派十四人は枡木屋浜に引き出された。砂浜からは海上に能古島がのぞめた。

曇り空で海からの風がつめたかった。

砂浜には竹矢来が組まれ、検分役の座所などが設えられていた。砂浜に穴が掘られ、その前に蓆が敷かれている。

側筒頭が罪名を告げ、斬首とすることを告げると、十四人の尊攘派からは声にならないうめきが漏れた。同じ死罪であったとしても、切腹なら武士の面目が立つが斬首ならば盗賊や無頼の者と同様である。

最初に呼び出されたのは洗蔵だった。この時、洗蔵は大声で、

「われら同志は正義の士である。それを誅するのは不当だ。かかる順逆をわきまえざる藩府は滅亡寸前にあり」

と叫んだ。憤りが胸に込み上げてきた。いま、まさに回天の刻を迎えようとしているのに、なぜここで無残に果てなければならないのか。

血涙があふれる思いだった。死を恐れはしない。しかし、おのれが果たさねばならぬ天命をなしとげられず、この世を去るのは断腸の思いだった。

（殿は世の趨勢がなぜおわかりになられぬのか）

長溥は賢君である。西洋の知識も含めて凡庸な他国の藩主にくらべてはるかに勝っている。しかし、それだけに自らの判断に自信を持ち、家臣を思い通りに動かさなければ気がすまない。

長州の高杉晋作は幸せだ、という感慨が一瞬、洗蔵の胸を過った。長州藩主毛利敬親は定見なく、家臣が主張する方針に、

「そうせい」

のひと言を与えるだけだと言われる。しかし、それだけに家臣を信じ、慈しむ仁君でもあった。晋作がどれほど暴挙を重ねようとも、忠義の心があることを疑わなかった。

晋作が功山寺決起により、藩政府に抗して兵をあげた際もその真意を見抜いて、俗論派を排し、藩政をゆだねたのだ。

それにひきかえ、長溥は自らの識見に過剰に自信を持ち、家臣はそれに従って動きさえすればよいものと思っている。

（智慧があるがゆえの暗君ではないか）

洗蔵は役人にうながされて憤怒の思いを抱きつつ砂浜を踏みしめて処刑場へと足を踏み出した。砂が焼けるように熱い気がした。その時、洗蔵はふと、

——月形さん

という声を聞いた気がした。傍らの役人を見るが無表情なままだ。幻聴か、と思った。臆して（おく）あらぬ声を聞くのか、と自らを罵り（ののし）たくなった。しかし、また、

——月形さん

という声がする。洗蔵は砂の上を歩きながら、思い当った。

（円太の声だ——）

耳もとで囁く（ささや）ような円太の声がしていた。

月形さん、わしも死にたくはなかった

皇国のためにまだ働きたかったぞ

それなのによってたかって同志に殺されたのだ

月形さん、同志とは何なのだ

わしはどうすれば殺されなかったのだ

教えてくれ月形さん

教えてくれ

洗蔵は叫び出したくなった。

「わしにもわからぬのだ。どうすれば、わしも生きることができるのか、わからぬのだ、円太よ」

うめきとともに洗蔵の口からつぶやきがもれた。わからなかった。円太も洗蔵も何か大きなものに摑(つか)まれて運命を変えられた気がする。

長溥を恨んでも、同志を憎んでもしかたがない。もし、憎むべきものがいるとしたら、そんな運命を定めた天だろう。

洗蔵は薄墨を刷いたような雲がたちこめる空を見上げた。

なぜだ
なぜ、わたしは死なねばならんのだ
天よ答えよ
答えよ

洗蔵は声にならぬ声をあげた。血を吐く思いだった。しかし、鈍色(にびいろ)をした空は凍りついたかのように何も答えず肌を刺す寒風が吹くばかりだ。

洗蔵は斬首を前にして、

――三年の内、筑前は黒土となるであろう
と罵った。処刑は異様なほどに簡単に行われていった。洗蔵が蓆に引き据えられ、観念して首を差し伸べると、処刑役の、

――エィ
という掛け声がして、バサッという音とともに首が落ちた。

続いて、次の者が引き据えられるや、何事か叫ぶ暇もなく刃音が響いて首が落ちた。

処刑者に加えられなかった潔は、獄舎の板壁に耳を寄せて処刑場の音を聞いていた。洗蔵が何事か叫んだかと思うと、鈍い音が聞こえてきた。

その瞬間、潔は洗蔵の死を悟り、全身が震えた。悲しみと憤りが胸に満ち溢れ、板壁に何度も頭を打ち付けた。

どうしてだ、どうしてだと心の中で叫び、目に涙が溢れた。あれほど熱誠をもって国を憂い、そのために命がけで働いた洗蔵がなぜ、死なねばならないのか、わからなかった。

洗蔵たちが斬首された二日後の二十五日、中老隅田清左衛門の屋敷に幽閉されていた加藤司書に切腹の沙汰が下った。

この日、司書は夜になって牢から出され、大書院にいった。大目付の河村五太夫が麻裃姿で懐に大奉書折を差して上座で待ち受けていた。

司書は膝行して河村の前に出ると低頭した。河村は厳しい表情で申渡し書を読み上げた。司書が尊攘派と行を共にしたことを、奸曲の輩に誘われ、奸計を廻らし、上を蔑ろにした、と断罪したうえで、

「切腹申しつくるものなり」

とひと際、声を高くして言い渡した。これを聞く司書は顔色を変えず、普段と同じ様子のままだった。

冷静に切腹の場所はどこかと訊き、博多小山町の天福寺であるという答えに納得したようにうなずいた。

司書はすぐに駕籠に乗せられ、尊攘派の動きを警戒して鉄砲隊が前後を固めて護送し、天福寺へと送られた。すでに真夜中で城下は静まり返り、物音ひとつしない中、護送隊の足音だけがヒタヒタと聞こえた。

天福寺の本堂前の庭にはすでに切腹のための仮屋が設えられていた。畳二枚が敷かれ、周囲に白幕が張り巡らされている。

司書は麻裃を着け、静かに切腹の場所に臨んだ。切腹は形だけで三宝に載せられた木刀を押し頂き、辞世の歌を詠みあげた後、介錯人によって首を切られた。享年三十

六だった。

司書が切腹した翌日、二十六日にはさらに尊攘派の処分が行われ、野村望東尼はそれまで実家の座敷牢に入れられていたが姫島への流罪を言い渡された。

京の情勢が福岡の尊攘派にいち早く伝わっていたのは、京の知人との間で文通していた望東尼の働きによるものだったからだ。望東尼は洗蔵たちの最期を聞いて、

――かさねがさねの夢の夢、あまりのことに涙も出でず

と落胆した。

十一月十四日の夜には寓居先から網でおおわれた唐丸駕籠に乗せられ、糸島郡岐志浦に送られた。

冬の荒波の海上四里を小舟で運ばれた。姫島の獄舎は瓦葺屋根で壁はなく松の角材で荒格子が組まれ、四畳余りの板敷で畳もなかった。

望東尼はこの過酷な獄舎で翌年九月、高杉晋作の命を受けた奇兵隊士たちに救出されるまで十ヵ月間を過ごすことになった。

このころ尊攘派が率いる長州藩は幕府の長州征討軍を退け、時勢は大きく転換して

いた。

慶応二年（一八六六）六月——

幕府の長州再征にあたり福岡藩は遠賀（おんが）郡底井野村まで三千五百の兵を出した。高杉晋作率いる長州勢と小笠原（おがさわら）藩が激戦を展開した小倉までおよそ十里ほどのところだった。しかし、八月一日、長州勢の猛攻により小倉城が落城すると、福岡藩は一戦もすることなく退いた。

翌慶応三年（一八六七）十月将軍徳川慶喜（よしのぶ）は朝廷に大政を奉還、洗蔵たちが悲願とした王政復古の時代となった。

時勢の激変に愕然（がくぜん）となった長溥は、明治二年（一八六九）に隠居し藩主の座を養子の長知に譲った。

夜明けを迎えたとき、曙光（しょこう）の志士月形洗蔵の姿はこの世になかった。

神の章

一

船が大きく揺れた。

月形潔は、はっとして船室の寝台の上で起き上がった。汗をべっとりかいている。

窓を見れば、真っ暗な海が広がっているだけだ。ため息をついた潔は、寝台から下りてズボンを穿き、シャツを着た。

船室から暗い甲板に出て夜空を見上げると皓々と輝く月が出ている。潔はデッキにもたれて、幕末から維新への激動を思い出した。

王政復古の大号令とともに世の中は大きく旋回して変わった。

慶応四年（一八六八）一月三日、鳥羽伏見で幕府軍は薩長軍と戦い、敗れた。薩長軍に錦の御旗が翻ったと知った将軍慶喜は朝敵となることを恐れ、戦意を喪失して大坂城を退去、江戸へ戻った。

政治情勢は大きく動き、動揺した福岡藩は二月四日、潔たち筑前尊攘派を大赦令により獄から釈放した。

潔は呆然とする思いで獄舎を出て中底井野村の家に戻った。

明治と年号が変わってから藩を襲ったのは、

――福岡藩贋札事件
だった。福岡藩では借財百三十万両を抱えて財政が窮乏し、戊辰戦争で二千三百人を出兵させたため、その費用に苦しんだあげく新政府が発行した太政官札の偽札を藩ぐるみで作ったのだ。

同じような偽札作りは、薩摩藩や土佐藩、佐賀藩、広島藩などでも行われたが、福岡藩のものはあまりに大量だった。

明治三年（一八七〇）に新政府は贋札の取締りを行い、福岡藩に密偵を送り込んで摘発した。この事件で藩の大参事ら五人が斬首刑となり、藩主長知は免官閉門となり、廃藩置県に先駆けて廃藩となった。

福岡藩では事態の収拾を薩摩の西郷に頼った。だが、〈乙丑の獄〉で尊攘派をことごとく処刑していた福岡藩は新政府内に伝がなく、如何ともしがたかった。

月形洗蔵が処刑前に叫んだ、

――三年の内、筑前は黒土となるであろう
という言葉はその通りになったのだ。

潔はこのころ福岡藩権少参事に挙げられ、皮肉なことに贋札事件を追及する立場となった。その後、東京裁判所権少検事を経て内務省御用掛、準奏任権少書記官となり、北海道への集治監建設が決まると、その調査を命じられたのだ。

かつて獄にあった者が、いま獄を建設しようとしている。そのことが潔を複雑な思いにさせていた。

真っ暗な海から聞こえる潮騒（しおさい）は福岡藩の〈乙丑の獄〉で刑死した洗蔵たちのうめきのように聞こえた。

潔らを乗せた汽船が函館に着いたのは、明治十三年（一八八〇）四月二十一日の正午だった。潔は同僚とともに投宿した。

翌日、調査団一行は函館支庁の北およそ四里半のところにある七飯（ななえ）村の勧業試験場に赴いた。

囚人による殖産の可能性と候補地選定についての意見を訊くためだった。

勧業試験場までの道路は平坦（へいたん）で馬車や人力車なら二、三時間で支庁と往復することができるほどだった。

勧業試験場につくと、まず五階建ての牧舎が目についた。

一階には牛馬数十頭がおり、土間が養豚場になっている。二階は秣（まぐさ）置場で三階には草刈り機、雪車、運搬車などの機械類、四階は収穫物の貯蔵所だ。最上階の五階は四面が展望できるようになっていた。

潔たちは五階に案内されあたりの地形を一望した。

元々、七飯村のあたりは樹木が少ない土地だったが、勧業試験場には松、杉、梅、桃、林檎などが植栽されていた。穀類では稲、麦、大豆、小豆、玉蜀黍、蕎麦などが栽培されている。

集治監の建設地について勧業試験場主任官の話では、

「胆振、後志両国の境の後志山の近くに七、八里四方の土地があり、肥沃で樹木が茂り、土地に高低が無く開墾に便利です。監獄を新設するなら、あそこがよいのではないでしょうか」

ということだった。潔は主任官の言葉をしばらく考えた。

候補地のうち石狩川の上流は開拓使本庁から三十里も離れている。運輸の便利を考えると胆振地方を第一候補地とすべきなのかもしれない。

(やはり地の利を第一に考えねば)

潔はまだ見ぬ地を頭の中に思い描いた。

翌日午後から潔は調査団員とともに、函館獄舎を訪れた。

獄舎の建物は通常と変わらないが、寒冷地だけに防寒に若干の考慮が払われていた。

獄舎では囚人たちによる作業が行われていた。

潔は興味を持って作業を見学した。ひとつは、草木を材料として香水、酒類、アルコールなどを製造する作業だった。担当官が、

「飲んでみてはどうですか」

と勧めてくれたので、潔たちは茶碗（ちゃわん）で酒を口にした。いい味だった。

「これはいいですな」

団員たちの間からも好意的な感想がもれた。潔は何度もうなずいた。

新設の集治監でもこのような物が作れるのなら、と思った。

さらに関心を持ったのは、〈摺付木（すりつけぎ）〉の製造だった。〈摺付木〉とはヨーロッパで発明された発火具の燐寸（マッチ）のことである。

江戸期末、オランダ人により長崎に輸入されていたが、国内では明治維新後、元金沢藩士の清水誠（しみずまこと）がフランスに留学した際、燐寸製造を志して作り始めたという。

明治九年（一八七六）、東京の本所に工場を設け「新燧社（しんすいしゃ）」の名でマッチの製造販売を開始していた。

函館監獄署でもこれに目をつけた。札幌地方に繁殖する〈ドロ〉という木を材料にして製造していた。

担当官の話では、〈摺付木〉の製造作業については懲役十年の刑を受けている囚人のひとりが考案し、晴雨にかかわらず製造できる工程になっているという。団員たちの間から、おおっという声が漏れた。

渡された〈摺付木〉を潔は摺ってみた。ぽっと明るい火がついた。

潔は〈摺付木〉の火を見つめて気持が明るくなるのを感じた。〈摺付木〉の製造なら厳冬期に屋内で行うことができるし、体の弱い囚人にも耐えられる作業だ。集治監での囚人作業として行うのにふさわしいものは、これしかない、と潔は確信した。

その後、札幌入りした潔は、五月二日、須部都地方を調べるため案内役をつけてもらい二十八人の調査隊を編成した。

札幌からおよそ二十二町離れた雁来村から川を舟で下らねばならない。丸木をくり貫いた長さ四丈、幅二尺五寸の丸木舟を三艘雇い上げた。この舟に米、味噌、塩などの食料品を積み、人夫六人を連れて出発した。

川の両岸は柳の木が密生して青々とした影を川面に映していた。川を進みながら眺める原野は広々として涯もなかった。

肥沃で開墾に適した地に見えたが、雪が溶ける時期には川が増水し、深いところでは三尺五、六寸も水につかるのだという。

案内役からそんな説明を聞いて、潔はつぶやいた。

「やはり北海道は違うものですな」

海賀直常が笑った。

「それはそうでしょう。わしらは一番いい季節に来ているのですからな。目の前にあるものだけを見ているととんだ思惑違いになるかもしれませんぞ」

潔はうなずきながらも、はるか遠くまで広がる原野に胸が膨らむ思いがした。

新たな監獄を造るという気の重い仕事だが北海道の自然を前にすると、夢を見ることが許されるのではないか、という気がしてくるのだ。

（九州とは随分、違う）

北海道の集治監に入れられるのは、反政府活動を行った政治犯が多い。しかし、政治犯と言えば、維新により新政府を築いたひとびとは幕末、大半が政治犯であり、獄中にあった者も珍しくない。

いまや立場が違うとはいっても、政治犯に対する懐の深さはあってしかるべきではないか、と潔は考えていた。

北海道へ渡る船中で直常は面白い例えを言った。

皆が船酔いに苦しんでいる間、ただひとりだけ元気だった直常は、甲板で海上に目

を遣りながら、

「監獄は一軒の家で言えば便所のようなものだ。不浄だが、ひとが生きているかぎりつきまとう。便所を清潔できれいにしている家は、家風がしのばれる。国家の監獄もまた同様ではないか。監獄がまさしくひとを悔い改めさせ、善用する道を開くならば、その国家の前途は洋々としている」

と嘯いたのだ。

潔はさりげなく直常の言葉を聞いていたが、心中では深く感銘を受けていた。それだけに北海道の自然を目の当たりにすると気持が高揚するのを抑え切れない。

丸木舟で四里ほど進み、午後四時には対雁村に到着した。

およそ八百戸のアイヌが竹の葉で葺いた小屋に住んでいた。石狩川沿岸などで鮭、鰊漁をしているという。村には学校が造られており、アイヌの児童に工作や文字を教えていた。

「ここはアイヌの村なのですか」

潔が訊くと、案内役は口ごもった。

「そうですが、ここのアイヌたちは元々樺太にいたのです。北海道のアイヌとは言語、風俗が少し違います」

「なるほど、樺太から――」

潔は眉をひそめた。

幕末、アイヌは松前藩や幕府の支配下にあって、漁業や交易を独占した場所請負制度によって請負人に酷使され、苦しめられた。

明治政府は場所請負制度を廃止したものの、アイヌに対して徹底した同化政策を取った。

アイヌの耳環や女のいれずみを禁止し、死者が出た時に家を焼くことも禁じた。また、アイヌの民族儀礼だった〈熊送り〉も禁止された。さらに狩猟や漁業をもっぱらにしていたアイヌに農耕を奨励した。

それは自然とともに生きて来たアイヌの人々の社会〈アイヌモシリ〉を破壊するものでもあった。しかも対雁村のアイヌたちは樺太から移ってきたのだという。

明治八年（一八七五）五月、ロシアとの間に締結された樺太千島交換条約によって樺太と千島を交換した際、樺太アイヌは日本とロシアどちらの国民になるか自ら選択しなければならなかった。

このため日本との接触があった南部樺太のアイヌ八百数十人は日本に移ることになった。しかし、この時アイヌが移住地として望んだのは樺太に近い宗谷だった。

日本政府は樺太アイヌをいったん宗谷に移住させたが、黒田清隆開拓使長官はこれを許さず、石狩に移すことを命じた。

石狩の炭坑で使役しようとしたのではないかと言われる。石狩への移住をアイヌは希望しなかった。

開拓使は大砲を据え付けた官船を宗谷沖に派遣した。官船は沖から発砲してアイヌを威嚇し、無理やりに乗船させた。さらに二十人の巡査が銃で脅しつつ江別、対雁へ移住させたのである。

「それはいささか強引ではありませんか。石狩に移住するより樺太に戻りたいと思ったアイヌもいたでしょう」

潔が眉をひそめて言うと、案内役は顔をしかめた。

「宗谷は海を越えれば樺太ですから、中には逃げ出して戻ろうとするアイヌもいるかもしれません。そうなればロシアとの間の紛争になります。だから石狩平野にまで連れてきたわけです。ここなら逃げ戻るわけにはいきませんからな」

案内役の言葉にはアイヌに対する過酷な遣り方を当然としている非情さがあった。

樺太アイヌの話は潔の心をかすかに暗くした。

宗谷から石狩へと銃で脅されて移住するアイヌたちの姿が思い浮かんだ。それは雄大な自然にふさわしくない光景だった。

「つまるところ、北海道は牢獄に向いておるということですかな」

直常が皮肉な口調で言った。自然が過酷な北海道は厳しい冬の季節には雪で閉ざされた牢獄と化すのかもしれない。

潔はため息をつく思いで案内役が用意した宿泊所に入った。

この夜、潔たちはさしたる話もせずに早めに就寝した。

翌朝、五時二十分、潔たちは案内役が仕立ててくれた馬に乗って対雁村を後にした。石狩川沿いに江別村へ向かった。

道沿いにアイヌの家があり、早朝から学校に行く子供たちが出てきた。馬で行く潔たちを驚いたように見たが、通り過ぎようとすると、皆、礼儀正しく頭を下げた。明るく利発そうな顔をしている。

潔は会釈を返しながらも、子供たちの健気（けなげ）な様子に胸が熱くなるような気がした。馬上、揺られながら、潔は樺太アイヌももはや与えられた境遇の中で生き抜くしかないのだと考えた。

しばらくして着いた江別村は屯田兵の村だった。屯田兵は明治六年十一月、黒田清隆が建議した。黒田は屯田兵について、

――西郷の説に従ひ之を実施せし
として、もともとは西郷隆盛の発案だったと述べている。

ロシアの南下政策に危機感を抱いていた西郷は、明治四年に日ロの紛争を懸念して北海道に鎮台を置いて兵を常駐させることを建議した。さらに鎮台設置に向けて薩摩藩出身の桐野利秋を北海道に派遣した。

桐野は札幌周辺を視察して真駒内に鎮台を置くことを建言している。

西郷はその後も薩摩系軍人を北海道に土着させる考えを抱き続けた。黒田による屯田兵設置は西郷の構想に沿うものだった。

明治八年には士族九百六十五人が屯田兵として採用され、各兵村には耕地、調練場、小学校などが配置された。

江別村の屯田兵には一戸ごとに一万二千坪の土地が割り当てられ、馬を使役して一日八百坪から一千坪を開墾することになっていた。土地は肥沃で、麦、麻などに適しているという。

屯田兵の指揮官は軍装でサーベルを下げており、農耕のかたわら軍事訓練も行われていた。三十過ぎで陽に黒く焼けた指揮官は腰のサーベルをがちゃがちゃ鳴らしながら潔たちを出迎え、官舎に案内した。

小柄な指揮官はせかせかとした歩きぶりで先導しながら潔に、

「どちらの藩の出身でございますか」

と訊いた。潔が何気なく、

「筑前の福岡藩です」

と答えると、ほっとした表情になった。

おそらく潔が薩摩出身でないことに安堵したのだろう。北海道に来てわかったこと
だが、官員が庶民に対し、特権的に威張り散らす様子は目に余るものがあったからだ。

「九州の者は嫌われていますか」

潔が微笑して暗に薩摩のことを口に出すと、指揮官は潔の顔にちらりと視線を走ら
せた。すぐに目をそらして、首を横に振ったのは、官員への不満を口に出来なかった
ためだろう。

指揮官はそれ以上の話をしようとはせずに、官舎で潔たちを休憩させると、その間
に四艘の丸木船をそろえ九人のアイヌを連れてきた。

「ここからは舟で行かれるとのことでしたので、舟と漕ぎ手を用意いたしました」

指揮官は堅い口調で告げた。潔に出身藩を訊ねたことを後悔しているようだった。

さらに、小銃と双眼鏡を差し出した。

「これは？」

潔が首を傾げると、指揮官はやっと顔をやわらげた。

「お役に立つかと思いますので、お持ちください」

「さようですか。それなら遠慮なく拝借いたします」

潔が素直に頭を下げると、指揮官は嬉しげに白い歯を見せた。

この地での屯田兵の暮らしはどんなものなのか訊きたかったがやめた。訊かれても指揮官には答えようのないことだ、と思った。

潔自身にしても集治監を造る仕事がどうなっていくのか、はっきりとした見通しがあるわけではなかった。

北海道では、何もかもこれからで、どういう結果になるのか、わかっている者はいないのだ。それだけに皆、同じ分量の不安と希望を抱いているのではないか。

そんなことを思いながら、丸木舟に乗りこんで石狩川を遡行した。

石狩川は北海道一の大河で川は曲がりくねって長く、水勢は速かった。両岸は原野でところどころ樹木が密生しており、川岸に打ちつける波、樹木の梢を過ぎる風の音がいつも響いている。

午前十一時五十分、幌向太村で上陸して、しばらく土地の状況を調べた後、再び舟に乗り、三里ほど進んだところで上陸した。

アイヌに薪や水を用意させ、岸辺に天幕を張った。焚火をして持参してきた干魚を焼いて夕餉にした。

アイヌたちにも食事と酒を振舞った。焚火のまわりで酒を酌み交わした。火に照らされて一層赤い顔をした直常が潔に話しかけた。

「蝦夷地で野宿して酒を飲むことがあろうとは御一新前は考えもしませんでしたな」

潔はうなずいた。

「まったく、考えもしなかった。いま自分がここにいることも信じられないような気がする」

夜空で星が瞬いている。床について深い眠りに入った潔は、ひさしぶりに洗蔵の夢を見た。


羽織袴姿の洗蔵が白く乾いた道に立っている。

〈辛酉の獄〉で二年の幽閉生活を送った後、ひととしての深みを増し、潔に、

——月神
の話をしてくれたころの洗蔵だった。洗蔵は獄中での苦労で頬がこけ、研ぎ澄まされた感じだったが、目には清澄な光を湛えていた。

時代を先導する月神に自分たちはならねばならないと話す洗蔵の胸に理想の炎が燃えていたのは間違いない。しかし、その後、洗蔵を待ち受けていた運命がどれほど過酷なものだったかを潔は知っている。

潔はそのことを洗蔵に告げたかった。そして、無駄なことはやめましょうと言いたかった。その言葉を口にする前に洗蔵は潔が言いたいことを察したようだ。そしてゆ

っくりと口を開いた。

――無駄ではない。ひとがなすことに無駄なことなどない
洗蔵は厳しい目をしていた。潔は洗蔵の気迫に押されてうなだれた。洗蔵に向かって何も言うことはできない。

(それでもわたしは知っているのです。洗蔵さんの志が空しくなることを)

潔の目から涙があふれた。


潔ははっとして目覚めた。

まわりを見まわすと石狩川の岸辺で野宿している自分に気づいた。「無駄なことなどない」と言った洗蔵の言葉が耳に残っていた。

潔は起き上がると天幕から出た。星が小さく見えた。ふと、岸辺に直常が座っているのに気づいた。傍らに行って声をかけた。

「眠れないのですか」

直常はゆっくりと振り向いた。

「眠れないのは月形さんも同じでしょう」

「確かにそうですな」

潔は直常の傍に腰を下ろした。岸辺に寄せる川波の音が聞こえた。直常はぼんやり

と暗い川面を見遣り（みや）ながら、

「御一新の前、血で血を洗うような騒動が随分とありましたが、そんな時もこの川はいまと同じように流れておったのでしょうな」

「それはそうでしょう」

「そう思うと、あの騒ぎはいったい何だったのかと思います」

「だが、それがあるから、いまわたしたちはここに来ておるのではありませんか」

潔は薄く雲の切れ目が見える夜空を見上げながら言った。

「だからこそですよ。わしも月形さんも時として眠れなくなるのは。わしらは果たして御一新の騒乱で死んだひとたちに恥かしくないことができておりましょうか。北海道に来て官員の暴慢振りを見ればいたたまれない思いがします」

直常は珍しくとつとつと話した。

「その答えをわたしたちはこれから出しましょう」

潔は尻（しり）についた泥を払って立ち上がった。直常の思いに対する答えを、いまの自分は持っていない、と思った。

「そうですな。いや、まったく、その通りだ」

直常は暗闇の中で笑い声をあげた。

二

翌朝、早くに朝食をすませて潔たちは舟に乗った。

川は白い霧に覆われていた。舟を漕ぎ出すころには霧を吸って衣服がしっとりと湿っていた。

二里余り進むと、しだいに霧が薄れてきた。舟を漕ぐアイヌに話しかけた案内役が、

「このあたりは幌美里というところだそうです」

と潔に伝えた。両岸に大きな森が黒々と浮かび上がっていた。その間を測ると川幅は八十間余りのようだ。川の水は昨日に比べて二尺ほど増しているようだった。案内役がアイヌに訊くと、

「山の雪が融けたからだ」

という。さらに進むうちに霧が晴れた。西北に当別山、東北に浦志内岳が見えた。山の峰々は残雪が陽光に輝いて美しかった。

幌美里から二十五町ほど遡ると美唄達布と呼ばれる地に達した。水勢がますます激しくなり、濁流が岸辺を洗っていた。

流れが速いため、丸木船は何度か転覆しそうになった。舟同士がぶつかりそうにな

り、乗っている者たちの間から悲鳴があがった。

流れに浮かぶ木の葉のように舟は揺れ続け、皆、顔面蒼白になった。飛沫が容赦なくかかり、服は濡れていた。その中でもアイヌたちは落ち着いて櫂を漕いで舟を遡らせていく。案内役が、

「大丈夫なのか。舟が沈むことはないのか」

と声を上ずらせて訊くと、アイヌは振り向いて髭面に微笑を浮かべた。目に光がある。濁流の中、舟を漕ぐことを楽しんでいるようだ。

「お前ら、面白がっているのだろう」

直常が青い顔をして怒鳴るとアイヌはあわてて目をそむけた。潔は舟縁に必死でつかまりながらも爽快なものを感じていた。

巧みに櫂を漕ぐアイヌたちの背中がたのもしく思える。官員であろうとアイヌの漕ぎ手に助けられなければ舟を進めることができないのだ。

午後五時五十分にようやく須部都川口に着いて上陸することができた。須部都川口は対雁村からおよそ十七里あるのだという。

すでに夕闇が迫っていた。昨日と同じ様に天幕を張った。ねぐらを調え、食事の準備をした。あたりから薪を拾ってきたアイヌのひとりが、

「すぐそこにアイヌがいる」

と案内役に告げた。人家はまれな場所である。案内役が不審に思って見に行くと一町ほど離れたところに小さな草ぶきの小屋があった。

すでに日が暮れ薄暗くなっている。炊事をしているらしい赤い火がちらちらと見えた。案内役が他のアイヌとともに小屋を覗きこむと、若いアイヌが振り向いた。

案内役は小屋にいた若いアイヌを潔のもとに連れてきた。

「ひとりだけで暮らしておる怪しい奴です」

案内役は若いアイヌを地面に座らせたうえで、鋭い口調で言った。

若いアイヌは背が高くがっちりとした体格で怯える様子もなくまわりを見まわした。アイヌにしては扁平な丸顔だが、目は鋭く口もとがひきしまっている。

「ここで、何をしていたのだ」

潔が訊くと、若いアイヌはうかがうように見返した。目に強い光があった。

「猟をしておりました」

淀みのない日本語だった。まわりにいたアイヌたちが顔をしかめた。若いアイヌが日本語を話せることに嫌悪感を持ったようだ。

「ひとりだけで猟をしていたのか」

「このあたりは熊や狼、鹿が多い。ひとりで猟をすれば獲物も自分だけのものにできますから」

若いアイヌの言葉には淀みがなかった。

「名前は何という」

「レコンテと申します。石狩港に近い生振村の者です」

レコンテと名のる男はきっぱりと悪びれずに答えた。

「このあたりには詳しいのか」

「いつも猟をしておりますから」

当然だという顔でレコンテは言った。

「それならば、山中を案内してくれれば助かる。金は払うぞ」

じっと潔の目を見つめたうえで、レコンテはうなずいた。

レコンテは二十歳ぐらいのようだ。その年齢で村を離れてひとりで猟をしているのは何か理由があるのではないか。気になって思わず訊ねていた。

「生振村には家族がいるのか」

レコンテは顔を伏せた。

「母親がいましたが、去年、亡くなりました」

「父はどうした」

レコンテは頭を振ってそれ以上、答えようとはしなかった。

「そうか、言いたくなければ言わなくてもいい」

潔は皆と一緒に食事をしていくようにレコンテに勧めた。レコンテの表情に当惑の色が浮かんだが、黙って立ち上がると、近くのアイヌに何事か囁いた。

案内役が潔を振り向いて、

「食事の支度を手伝う、と申しております」

と告げた。そうか、とうなずきながら、レコンテは他のアイヌたちへの気遣いから手伝うと言い出したのではないか、と思った。

実際、アイヌたちがレコンテを見る視線には、よそよそしいつめたさがあった。案内役が潔の耳元で、

「どうも、あのアイヌは御一新前に場所請負の商人がアイヌの女に産ませた男らしいです。それで言葉が話せるし、アイヌの者からは嫌われておるようです」

と囁いた。

そう言えばレコンテのやや扁平な顔はアイヌの彫りの深い顔立ちとは違っている。こんなところにひとりで暮らしているのも村で孤立したからだろう。

間もなく、米が炊かれ、鹿肉が焼かれて焚火のまわりで食事が始まった。潔はアイヌたちにも酒を振る舞った。

酒を飲み、鹿肉を頬張ると一座はにぎやかになった。直常は調査団員たちと舟が危うく転覆しそうになったことを話して大声で笑い、アイヌたちの間からは静かな歌声

も聞こえた。

即興の唄のようでひとりが立ち上がると舟を漕ぐ手つきをして踊って見せた。その様子がおかしいと調査団員たちからも笑い声が起きた。しかし、レコンテはひとりだけ黙々と酒を飲んでいた。

潔はレコンテの傍に座って話しかけた。

「このような広い場所にひとりで暮らしていると淋しくなるのではないか」

レコンテは頭を振った。潔を見ようとはせずつぶやいた。

「ひとりではないのです。日の光、風、水、木があります。それに鳥や獣もいる」

レコンテは夜空を見上げた。目が星のように輝いている。

「しかし、鳥や獣では話をすることもできないだろう」

「話はできませんが、魂は語り合うことができます」

「そういうものなのか」

魂が語り合うとは、どういうことなのか。潔は焚火に照らされて赤みを帯びたレコンテの横顔を見つめた。孤独な表情をしている。

その顔が誰かに似ているような気がした。

（――誰なのだろう）

潔はぱちぱちと爆ぜる焚火を見つめながら考えた。

時おり、火の粉が宙を舞った。

潔の脳裏に浮かんだのは、一度だけ洗蔵の家で顔を合わしたことがある中村円太の風貌だった。

円太は尊攘派の同志によって殺された。アイヌの仲間から爪弾きになっているレコンテに似た立場だったのかもしれない。

潔が会ったころの円太は矯激ではあったが、情熱を持ち、活発でおのれの未来を信じていた。それなのに、同志に殺されるという不名誉になぜ堕ちていったのだろう。

円太に何があったのか、と潔は思いをめぐらした。

それは円太が枡木屋獄から脱獄した時からだったのではないか、と潔には思えた。

(あのおりから中村さんは、獣道に迷い込んでしまったのではないか)

尊皇攘夷という大義の名のもとに、法も礼も踏み破っていく生き方はひとを、けものしか通わぬ道へ誘い込むのではないか。そして円太はその道からついに戻ることができなかった。潔にはそう思えた。

いま潔は集治監という牢獄をつくるための調査をしている。牢獄とは何なのかを考えざるを得ない。

――獄とは酷いものだ。

潔は自分自身が投獄されていただけにそう思う。

ひとの希望を奪い、おのれを信じる気概を損ね、さらには生きる意欲さえ失わせる。ただ、おのれの命が尽きるのを呆然と待つ心地にさせるのだ。

（しかし、それは旧幕時代の獄だ。明治の御代の獄は違うものでなければならぬ）

潔は自分に言い聞かせた。どう違うのか、その答えは、まだ潔も見いだせてはいなかった。

焚火の炎が燃え上がった。

潔は小枝を火に投げ入れながら、幕末の志士たちの情熱は、いったい何だったのだろう、と思った。

おのれの死をも恐れず、闇雲に突き進んだ志士たちによって新たな世は開けた。しかし、いまの世が志士たちの望んだものだろうか。

そんな気持で物思いにふけっていると、レコンテがぽつりと言った。

「明日、わたしの祖母がこのあたりに来ます」

「お婆さんが何をしにこんなところまでくるのだ」

「わたしのことを心配して時々、訪ねてくるのです。その時、獲った兎や鳥の肉があるととても喜びます」

祖母の話をするレコンテは穏やかな顔をしていた。

「そうか。しかし、明日はわれわれを案内してもらわねば困るぞ」

「祖母も一緒に行ってもいいでしょうか。脚は丈夫ですから迷惑はかけません」

レコンテは心配そうに潔の顔を見た。

「邪魔にならなければ構わないが」

潔が言うと、レコンテは嬉しそうな顔をした。レコンテにとって親しい肉親は祖母だけなのかもしれない。

レコンテは何杯か酒を飲んだ後で、アイヌたちのもとに行き、挨拶して自分の小屋へと戻っていった。

翌日の未明、レコンテは薄暗い中をやってきた。

傍らには小柄な老婆を連れていた。刺青をした皺だらけの顔だったが、体は元気そうだった。

老婆を潔の前に連れてきたレコンテは、手に一羽の鴨をぶら下げていた。

「今朝、このあたりで獲った鴨です。皆さんで食べてください」

「それは、すまんな」

潔が礼を言うのを老婆は黙ってうかがうように見ていた。時おり、まわりの調査団員たちの動きを目で追ったが言葉はわからないらしい。

老婆はレコンテに何事か囁くように言った。

「まだ出発しないのか。遅くなると山で野宿をすることになると祖母が言っています」

レコンテは、少し恥かしそうに祖母が言っていることを伝えた。

「そうか。さっそく出発するとしよう」

潔は苦笑しながら、案内役に声をかけて一行に出発の支度をさせた。その様子を老婆は満足気に見ていたが、また、何事かレコンテに告げた。

「今度は何だ」

潔の方から訊くと、レコンテは困ったように言った。

「あなたは良い長だと言っております。それに、守られているようだと」

「守られている？　何にだ」

「カムイ、あなた方の言葉では神だそうです」

「ほう、神か――」

潔はあらためて老婆を見た。穏やかそうな顔をした老婆は、自分に何を見てとったのだろうと思った。

午前五時五十分、レコンテを道案内にして潔たちは須部都川から南方の山に登った。

山から見渡すとはるかに丘や谷が連なっている。

ところどころに平地がまじり、やがて丘が尽きたあたりから、笹や雑草が生い茂った平原が広がっている。

山を下ってみたが、平原の笹や雑草は高さが六、七尺にも達しており、分け入って歩くこともできそうになかった。

そこで再び山に上がって、西へおよそ二十町ほど進んだ。この間、レコンテは鹿のように敏捷(びんしょう)に道案内を務めたが、老婆もまた一行から遅れることなく軽々とついてきた。

直常は時々、老婆を振り向きながら、

「あの年寄りがこの山道を苦にしないとはアイヌとは大したものですな」

と、額に浮いた汗をふきながら賛嘆した。

「あの者たちにとっては、山に入るのも家にいるのと同じなのかもしれぬ」

潔も老婆に目をやった。

その視線を感じたのか、老婆はまたうかがうように潔を見たが目を伏せると、それからはうつむいて歩き出した。歩みが遅くなることはなかった。

あたりにはナラ、カツラ、ドロの木、岩カエデなどの大木が多くなった。案内役が、

「元来、この地方はトド松が多いのです。伐(き)って獄舎の建造資材とされてはいかがでしょうか。伐採が進めばそれだけ開墾もやりやすくなります」

と説明した。直常が大きくうなずいた。

「なるほど、それは一挙両得というものだな」

潔は微笑した。

「伐った材木を石狩川から石狩港や小樽まで運んで売れば利益になって経費が助かるかもしれんな」

須部都山から西北の当別山麓まではおよそ五、六里ほどある。

その間に肥沃な平野が広がり、農業に適していた。しかも、石狩川に小汽船を運行させれば石狩、小樽港と交通の便が開けるだろう。さらに道路を開削し、橋をかけ、郵便や電信の施設も整えれば、にぎやかな地になるに違いない。

潔は壮大な風景を前に夢が膨らむのを感じた。すると、老婆がレコンテに何事か告げた。

レコンテは目を伏せて潔に近づいてきた。

「祖母がお伝えしたいことがあるそうです」

「何だ。話があるなら聞こう」

潔が目を向けると、老婆はしっかりした足取りで近づいてきた。そして、あたりを眺めまわしてから低い声で何事かレコンテに語りかけた。

レコンテは神妙な顔をして聞いていたが、やおら目を潔に向けた。澄んだ眼差しだった。

「祖母は山の木があなたを怖がっていると申しています」

「あなたが山の木を数多く伐るつもりだからだそうです」

潔は老婆に顔を向けた。

「たしかにわたしはトド松を伐って獄舎を建て、さらに材木として売るつもりだ。それはよくないことなのか」

レコンテは祖母には聞かずに答えた。

「アイヌは必要以外の木は伐りません。たとえ伐る時でも、何のために必要なのだと木に話して許しを得てから伐るのです」

「では、木を伐って金に替えるのは罪深いことだというのか」

潔が言うと、老婆は言葉がわからないはずなのに大きくうなずいた。

「しかし、わたしはここに獄舎を建てようと思う。それだけでなく多くのひとが住めるようにしたい。そのために木を伐ることが必要なのだ」

潔の言葉を聞いて、老婆は悲しげな顔をした。そして、空を見上げて、

──レラ
と呟いた。潔は老婆の顔を見つめた。

「いま何と言ったのだ」

レコンテが老婆をかばうようにして潔の前に立った。

「お許しください。レラとは風という意味です」

「風――」

「そうです。あなたのいまの言葉を風が天に運んでしまったと祖母は言いたかったのだと思います」

　レコンテは真剣な面持ちだった。

「わたしが木を伐ると言った言葉が天へ運ばれるとどうなるというのだ。神仏の罰を受けるとでも言うのか」

　潔は厳しい口調になった。老婆は潔の怒りを悟ったのか、うつむいたが、それでも何事か小さな声で告げた。

　レコンテは目を閉じて聞いていたが、やおら目を見開き、むしろ昂然(こうぜん)とした様子で口を開いた。

「祖母は、あなたが木を伐れば、たとえ神に守られていても悲しみを背負うことになるだろうと申しています」

　悲しみを背負うことになる、という言葉が潔の耳に響いた。

　レコンテの祖母から、悲しみを背負うことになると言われたことが、潔の心にいつの間にか深く沁(し)みこんでいた。

その後も山や谷を越えて調査を行いながら、潔の胸中には何となない虚しさが宿っていた。そんな潔に直常が、

「アイヌの婆さんの言うことを真に受けるとは月形さんらしくもありませんぞ」

と声をかけた。直常から心中の動揺を見透かされたのか、と潔は苦笑した。

「北海道というところは不思議だな。ひとの言葉を通じて天の声が聞こえてくるような気がしてしまう」

「それなら、わたしの声も天の声だということになりますな」

確かにそうだ、と思いつつ、潔は天を仰いだ。どこまでも青く広がる空を眺めわたすと、自分らの存在を芥子粒のように小さく感じる。それは、どこか哀しみを伴うような気持でもあった。

潔はこの地での調査を終えるとレコンテに米や酒などを礼として渡した。

「ヤイライゲ」

ありがとうを意味するアイヌ語を口にしたレコンテは白い歯を見せて笑った。

「祖母はどうしている」

潔が訊くと、レコンテは困ったように顔を伏せた。

「生振村に戻りました。旦那様に失礼なことを申し上げたので罰されるかもしれない、と恐れたようです」

「罰したりなどはせぬ。よいことを聞かせてもらったと思っている」

「まことでしょうか」

「そなたの祖母は、ひとがよかれと思ってしたことでも、悲しむ者がいると教えてくれた。わたしがこれから心せねばならないことだと思う」

レコンテは薄茶色の澄んだ瞳で潔の目を見つめた。

「さようなことを言ってくださるお役人は初めてです」

「お前たちアイヌはわたしたちのことを何と呼んでいるのだ」

レコンテは少しためらったが、きっぱりと言った。

「シャモと呼びます」

「それだけか」

レコンテの目の色が深くなった。

「シャモはアイヌをだまして漁の獲物をだまし取ったりします。そんな時、わたしたちはズルシャモと呼びます」

傍らにいた直常が大声で笑いだした。

「ズルシャモか。確かにそんな奴がいっぱいいるのう」

直常は笑いながら腰を叩いてのびをすると川岸の丸木舟に向かった。これから石狩川を下って幌向太村に向かうのである。

潔は直常の後につづきながら、レコンテに、

「また会いたいものだな」

と告げた。レコンテは微笑してうなずいた。

潔たちが舟に乗り込んだころから、ぽつりぽつりと雨が降り出した。櫂を手にしたアイヌが空を不安げに見上げた。

数日来の雨で川の水量は増している。また雨が降れば川を下る舟が流れに翻弄されて転覆しやすくなるからだ。

舟は川岸から離れるとすべるように下流に向かった。雨が強くなった。アイヌたちが何か言葉をかわし合いながら懸命に櫂をこいだ。

川を下るにつれ雨は激しくなり、全員がずぶ濡れになり舟の中にも水がたまった。懸命に汲みだしたが、飛沫をあげて降る雨で前方は白い幕がかかったようになった。

丸木舟同士がぶつかりそうになるため、アイヌたちは怒鳴り声をかけあい、時にぶつかりそうになる舟を櫂の先で押しやった。

もはや下流に向かっているというよりも激流に流されていると言ったほうがよかった。しかも寒気は肌を刺すようだった。

激流に翻弄され四苦八苦の思いで幌向太村に着いたのは午後五時だった。およそ十

四里の川筋をわずか四時間三十分で下っていた。

幌向太村に宿泊した潔たちは、翌五月六日の夕刻には札幌に戻った。

潔は須部都地方の略図を作成し、これに朱点を入れて集治監用地の境界を示した。これを開拓使に送り、土地引き渡しの照会をしたところ、

「土地の件については別に支障が無いから、東京へ電報を打って長官の指示を要請した」

との回答があった。

潔はその後も調査を続け、六月初旬にようやく帰京して内務省に復命した。

内務卿松方正義（ないむきょうまつかたまさよし）は、八月五日、太政大臣三条実美に対して石狩国樺戸（かばと）郡須部都太に樺戸集治監設置の伺書を提出した。総予算は十七万七千円だった。

太政官は十月三十日付けで、要求額より七万円減額した十万円で賄うようにとの指令を出した。

当初、三千人を収容する予定を千七百人規模に縮小して建設することになった。建設工事の請負業者は大倉組で、明治十三年から十四年にかけて工事が行われた。

北海道の原野に監獄がしだいに姿を現していった。

三

明治十四年（一八八一）四月——

獄舎の建設工事が進んでいる最中、海賀直常は、東京小菅集治監から囚徒四十人を押送した。直常は、

「北海道の気候風土がはたして適応するかどうか試したい」

と潔に申し出た。

「押送ですか。まだ獄舎などはできていませんが」

「だからこそです。建設工事を囚徒に行わせれば建設費も安くなり、一挙両得です」

直常はにやりと笑った。

「それもそうですが」

潔は窓から建設現場を見た。工事は遅々として進んでいないように見える。囚徒が来れば作業がはかどるのだろうか。

「何事もやってみねばわかりませんぞ」

直常が気合を入れるように言った。潔は苦笑して了承し、建設工事の作業を囚徒たちに行わせるという名目で、内務卿の許可を得た。

このころ囚徒たちは脱走した際、発見しやすいように赤い着物、赤の股引を着させられていた。押送にあたっては、両足首に鎖が結ばれ、しかもふたりずつ鎖でつながれた。汗臭く垢にまみれた男たちが陰惨な髭面を並べることになった。

編笠をかぶり、赤い着物、足には鎖という異様な姿の囚徒たちは、横浜港から汽船で小樽港まで五日かけて送られた。汽船に乗せられた囚人のひとりが、

「わしらは、どこへいくのだ」

とつぶやいた。すると、別な男が、

「地の果てに放りこまれるのだ。もう、内地には戻れんぞ。よく拝んでおけ」

と吐き捨てるように言った。もうひとりが笑った。

「もし、そうなら、もう一度、女を拝みてえものだな」

その声に応じて卑猥な冗談を口にする者はなかった。誰もが自らの今後が暗黒に塗りつぶされていく恐怖を感じていたのだ。

「小役人どもめ」

武士の出らしい男が口をゆがめた。小樽で一泊し、翌日、石狩川を船で上る予定だったが、この時に珍事が起きた。

四十人の囚徒の宿泊場所が無かったのである。

直常は小樽の倉庫に囚徒を泊めるつもりだったが、倉庫の持ち主は囚人の宿泊を不

安に思って、これを拒んだ。当然、民家で受け入れるはずもなかった。

困惑した直常はしばらく思案していたが、ふと何かを思いつくと遊女屋を訪ねた。

遊女屋には宴会用の大きな座敷があった。

「遊女を揚げないが、泊まり賃は払うから」

と遊女屋の主人に直常は頼みこんだ。

主人は一度に四十人もの囚人を宿泊させるという話に戸惑ったが、ひとり三十八銭の宿泊費を払うと言われて渋々納得した。

編笠をかぶり、赤い着物を着た囚徒たちがぞろぞろと遊女屋にあがることになった。

二階やまわりの部屋から遊女たちが好奇の目でのぞいた。

囚徒たちも落ち着かない様子だった。

座布団に座り、遊女屋が用意した膳(ぜん)で飯を食べ、夜は女の香りがしみついた分厚い布団で寝た。直常だけが平然としていた。

夜中になってひとりの男が布団に起き上がって、部屋の隅の柱に体をもたせかけ、

「たまらねえな」

とつぶやいた。護送の看守が、

「何を言っておるか。はやく寝ろ」

と叱責(しっせき)すると、男は暗闇の中で嗤(わら)った。

「こんなに、女の匂いがして寝られると思いますかい。起きてた方が増しですぜ」

直常が起き出して、男に声をかけた。

「それでもよいから、寝ろ。遊女屋で寝ることなどもうできんのだぞ」

「だったら、なおさらでございますよ」

男は不貞腐れたように言ったが、あきらめたらしく、また布団にもぐった。

直常は暗い天井を見つめた。

護送されていく囚人たちを待つのは過酷な自然の中での惨苦の日々である。そこへ引き連れていこうとしている自分は地獄への道案内をする鬼のようなものなのか。

（いや、そうではない。樺戸集治監はいままでの牢獄とは違うものになるはずだ）

月形潔の顔を直常は思い浮かべた。

潔は理想的な監獄を造ろうという情熱を持っている。困難は多いかもしれないが、努力すれば実るものはあるはずだ。

「断じて行えば、鬼神もこれを避くじゃ」

天井に向かって直常はつぶやいた。


囚徒を集治監建設地に押送した直常が、官舎で遊女屋宿泊の一件を報告すると、潔は微笑を浮かべた。

「海賀さんらしいやり方ですね」

「ほかに方法もありませんでしたから」

直常は何でもないことのように言った。

「ただ、囚人たちの様子を観察する役には立ちました」

「どんな風にですか」

「ほとんどの囚徒は遊女屋に泊まるとあって喜んでいましたが、中には不満そうにしている者もいました、そんな奴の頭にあるのはおそらく脱獄することでしょう」

直常は遊女屋の部屋の片隅で夜中に柱に背をもたせるようにして座り、不満をもらした屈強な男のことを思い浮かべていた。

男の名は西川寅吉という。強盗、殺人を犯した凶悪犯で、

――五寸釘の寅吉
という異名があった。寅吉は安政元年（一八五四）、三重県の農家に生まれた。

生来、気性が激しく、十四歳の時には博打のいざこざで叔父に乱暴した博徒の家に押しかけ数人をなぐりつけたうえ、放火した。

このため三重監獄に入れられたが、何度も脱走した。

その後も博徒として賭場荒らしを重ねた。静岡県の賭場でいかさまをやったことから、もめ事になり、ひとを殺した。

警察に逮捕されそうになって逃走した。

その際、板に刺さった五寸釘を踏み抜いた。五寸釘は足の甲まで突き出たが、警官が迫っていたため、そのまま走って逃げたという。

警官はなおも追跡し三里ほど走って逃げていた寅吉をようやく捕らえた。その時、寅吉の足には五寸釘が刺さったままだった。

このことが新聞に載って、〈五寸釘の寅吉〉の名は全国に知られたのである。

寅吉はこの時、二十八歳。色黒で見栄えのしない顔だが、敏捷そうな体つきをしていた。

「月形さん、あなたは開墾をさせ、新たな国造りを行うことで囚人を善用しようと考えているようだが、そうはいかぬかもしれませんぞ」

直常の声には陰りがあった。

「どういうことでしょうか」

「内地の監獄におれば、いずれ出られるかもしれぬという希望が持てる。しかし、北海道に連れてこられれば、もはや内地に戻されることはない、と悟るでしょう。そしたら逃げたくなるに違いない。そうさせぬためには厳しく監視するしかない。厳しく監視すれば、反抗する。反抗すれば、さらに厳しくするしかない」

潔は眉をひそめた。それは潔もひそかに危惧していたことだった。

囚徒を善用し、北海道の開発を進めるという夢には計画の最初から暗雲が漂っているのだ。

「つまるところ、イタチごっこです。冬になれば雪に閉ざされる監獄は看守と囚人が憎み合って睨み合う地獄になるかもしれませんぞ」

潔は静かに直常の顔を見た。

「海賀さん、それでは、あなたは任務を放棄したいと言われるのか」

「いや、やろうと思っています。ただ、容易いことではない、と申し上げたかっただけです」

直常はため息をついた。潔は何も言わずにうなずいた。直常の言いたいことはよくわかっていた。

(だからこそ、全力を傾注しなければならないのだ)

潔は窓に近寄って外を見た。外からは到着した囚人たちもさっそく駆り出された獄舎建設工事の音が響いてきた。

建設されるのは獄舎のほか、通用門見張所、看守詰所、病監、倉庫、鍛冶工場、木挽工場、官舎などだった。

このころ石狩郡の人口は二千八百人だった。そこに囚人と看守、その家族など合わせて二千人が新たに集落を作るのである。しかも集治監と合わせて郵便局も作られることになっていた。

立派な庁舎を持ち、電話、馬車、官舎などを備えた官庁は、この地方で集治監だけだった。集治監の建設によって、新しい市街地が形成されていくことになるはずだった。

潔が脳裏に描いているのは、北海道の開拓に尽くすという使命を与えられた囚人たちによる集落だ。

それは北海道の将来へ向けた都市になるはずだった。


「月形村ですか。それはよいですな」

直常が嬉しげに言った。

七月に入って開拓使から、樺戸集治監の建設地を月形村とするという通達があった。潔が初代典獄となることがすでに内定していることから、月形の名を地名にすることにしたのである。

「名誉と言えるのかどうかわかりませんが」

潔が首を傾げると、直常は笑った。

「あなたの功績が地名として永遠に語り伝えられることになるのですから、喜ぶべきでしょう」

直常は屈託なげに言ったが、潔はなぜか胸中に暗く重いものを感じないではいられなかった。

このころ潔の妻磯が東京からふたりの子供梓と満とともに樺戸集治監の官舎に移ってきた。赴任地に家族を伴うのは、北海道に骨を埋めるという潔の覚悟の表れだった。だが、何事か起きれば家族にも災厄が降りかかることになるだけに潔の不安は大きくならざるを得なかった。

磯は住みなれぬ北海道に来ても、潔を支えようと健気な覚悟を定めているようだ。梓と満は、初めて目にした北海道の大地に、

「なんて広いんだろう」

「九州とは全然違うね」

と声を大きくしてはしゃぎまわった。磯は、官舎に入って着物を整理しながら、

「この地でもわたくしにできることがあるかもしれません。なにかであなたのお役目の役に立ちたいと思っております」

と告げた。若いころから器量よしとして福岡で評判だった磯は近頃なお美しさを増したように思える。

潔は色白でととのった顔立ちの磯を見ながら、

（なんとしても、樺戸集治監を罪人が更生し、幸福な生涯へ歩み出す場所にしなけれ

ば）

　と心に誓った。

　官舎での初めての食事で磯は、鶏肉と野菜を煮た〈がめ煮〉を作った。博多の懐かしい匂いに潔は心を慰められた。

　しかし、自分は幸福などとは縁遠い任務についているのではないか、との思いが潔にはあった。

　その不安が現実となったのは、間も無くだった。東京から押送されてきた囚人のひとりが病死したのだ。

　獄舎建設という作業に耐える頑強な囚人ばかりが選ばれて送られてきたはずだったが、この囚人は作業の後、発熱して死亡した。

　薬は与えられても医者もおらず、十分な手当もできないままの死だった。遺骸（いがい）は獄舎の南側を埋葬地として葬ったが、潔の心には曇りが差した。

　ほかの囚人たちも同様だった。東京から北海道まで送られてきて、数カ月で囚人のひとりが死んだのだ。押し黙った囚人たちの顔には、次は自分かもしれないという恐れが刻まれていた。

　その中には寅吉の顔もあった。病死した囚人が棺桶（かんおけ）に入れられ埋葬されるのを見送りながら、寅吉は薄ら笑いを浮かべていた。

日焼けした顔には生への執着心が浮かび上がり、逃走路を探すかのように油断なくあたりを眺めていた。

直常はその様子を見て、潔に囁いた。

「あの男が五寸釘の寅吉です。必ず逃亡を企てる男ですから、油断なりませんぞ」

潔はあらためて寅吉を見た。東京から囚人たちが到着した時、ひとりずつ顔をあらためたはずだが、寅吉の顔に特に記憶はなかった。ただ五寸釘を踏み抜きながら三里を逃げた凄まじい男がいるという記録に目を通しただけである。

(病死者が出たことで、この男は逃げようという気になったのだろうか)

潔はうかがい見たが、寅吉の顔からは何も読み取れない。陰惨な翳りをともなった不遜さが漂うばかりだ。


このころ北海道では飛蝗、すなわちトノサマバッタが異常発生して農作物に大被害を与えていた。

明治八年の洪水の後、十勝川と利別川の合流地点に沖積地ができ、イネ科の植物が群生したことから飛蝗が大量発生することになったらしい。

飛蝗の害が起きたのは前年の八月だった。

十勝地方の河西、中川郡で発生した飛蝗の大群は日高山脈を越えて勇払地方を襲った。数百万の飛蝗の大群が空を飛ぶときは日が陰るほどの凄まじさで、襲われた地帯の農作物はあっという間に食い荒らされた。

飛蝗の駆除として物を叩いて大きな音をたて、穴に追い込んで油をかけて焼くなどしても数百万の飛蝗相手には効果がなかった。

飛蝗は一分間に六百五十四メートルを風にのって飛び、一年間で数百キロを移動すると言われた。

飛蝗の群れはその後、各地を荒らして被害が広がったため、北海道開拓使では本格的に駆除に乗り出したが、飛蝗の被害は止むことがなく、翌年になって、さらに広範囲に被害が広がった。

幼い子供を抱えた磯は飛蝗の群れが襲ってくるという話におびえた。夜になって官舎に戻った潔に、

「飛蝗の話はまことでございましょうか」

と訊いた。潔はやむなくうなずいた。

「恐ろしいことだが、まことだ」

「九州でも昔、飛蝗の被害にあったことがあると年寄りから聞いたことがございます」

「そうか」

「飛蝗によって食べ物は食いつくされ、木の皮、草の根を食べたそうですが、それで

も餓死者が出たとのことです」

磯は恐ろしげに言った。

潔は農村のひとびとが痩せ衰え、飢えて死んでいく様を脳裏に思い浮かべてぞっとした。もし樺戸集治監まで被害が及んだら、どうしようかと思った。囚人や看守だけでなく磯や子供たちまで飢えに苦しむことになるのだ。その凄惨な事態をなんとか避ける方法はないのか、と思うが、ただ飛蝗が飛来しないことを天に願うしかない。

「飛蝗が来なければいいのですが」

磯がつぶやき、潔はうなずいた。

「そうだな」

不安な面持ちでふたりは目を見交わした。

樺戸集治監に囚人を飛蝗駆除に使役したいという通達があり、潔は囚人十数人を看守の護衛をつけて被害の大きい太平洋岸の虻田地方へと送り出した。

この際、囚人が飛蝗騒動の混乱に紛れて逃走するのではないか、との不安があったが、間もなく報告に帰った看守によると、それは杞憂だった。

なぜなら、日差しを遮るほどの飛蝗の群れを見た囚人たちはおびえて、逃走を図るどころではないという。

実際、各地が飛蝗の被害にあっており、うかつに逃走を図れば飛蝗が飛翔する荒野にさまよい出て飢え死にするばかりだった。

「とても、そこまで無鉄砲な囚人はおりますまい」

看守は青ざめた表情で言った。たしかに食料もなしに原野に逃げれば、たちまち飢えに襲われるばかりだ。囚人たちの逃げる気が失せるのも無理はなかった。

「北海道の大地は呪われているのではないかなどと申す囚人もおります」

そう言いながら看守自身も呪われていると思っているのか、おびえた目をしていた。

「ご苦労だった。ひと晩休んだら、ご苦労だが、また虻田へ赴いてくれ」

看守は敬礼して部屋を出ていったが、もう一度、飛蝗の被害地へ戻れと言われたことに落胆の色は隠せない様子だった。

被害地にいるより、樺戸集治監の方がましだと思えるのは、飛蝗の恐ろしさを物語っていた。

「ここまで飛蝗はこないだろうが」

看守が報告を終えて去った後、潔は窓辺に寄って外を眺めた。すると、コンという音がして窓ガラスに何かがぶつかった。

潔がよくみると、窓の外側の桟に黒ずんだ飛蝗が一匹、転がっていた。空から降りてきて、窓ガラスとわからずにぶつかったようだ。

「まさか――」

背筋につめたいものを感じて潔は空を見上げた。

八月に入って雨の日が続いた。

飛蝗の飛来こそなかったものの、しだいに鬱陶しさが増していたころ、囚人のひとりが作業中に脱走した。

月形村から逃げようと思えば石狩川に出て下流を目指すしか方法はない。まわりは沢や沼があり、容易に進むことができない地形だった。

直常は五人の看守たちを指揮して脱走囚人を探した。やがて看守のひとりが川の近くで焚火の煙が上がっていると報告した。

直常たちが熊笹をかき分けるようにして煙の上がる場所に行くと、川岸のそばでひとりの男が焚火をして木の枝を刺した魚を焼いていた。

囚人は、作業着はもちろん房内着から股引や足袋、下帯にいたるまで、すべて赤く染めた獄衣を着ている。脱走しても目立って捕えることができるからだ。

このため囚人たちは、地元の者から、

――赤い人

と呼ばれていた。焚火のそばの男が脱走囚人ではないのは赤い衣服を着ておらず、アイヌの身なりをしていることですぐにわかった。

直常はゆっくりと男に近づくと、

「おい、このあたりで赤い着物の囚人を見かけなかったか」

と声をかけた。焚火に顔を向けていた男は振り向くと立ち上がった。

「そのような男は知りません」

アイヌの男は答えた。その顔に直常は見覚えがあった。

「お前はレコンテではないか」

レコンテは微笑してうなずいた。

「どうしてこのようなところにおるのだ」

「あなた様方がこちらにおられると聞いて、雇ってもらえないだろうかと思ってきました。飛蝗の被害にあって各地のひとびとがこのあたりの村まで逃げてきましたから、食べ物がないのです」

レコンテは淡々とした話し方で言った。

飛蝗は銭函(ぜにばこ)から琴似(ことに)村、山鼻(やまはな)村まで飛来し、記録によれば、「満天飛翔」の状態で、

——あたかも雪花の天から降るかのごとし
という凄(すさ)まじさだった。

飛蝗に農作物を食い荒らされてひとびとは食べ物を求めて移動せざるを得なかった。

このため、村人と交われないレコンテは居場所がなくなったのだろう。

「アイヌはアイヌの部落でしか暮らせないはずだが」

直常はたしかめるように訊いた。

「わたしはシャモの血が入っていますから村を追い出されました。アイヌの猟場に立ち入ることも禁じられたのです」

「祖母がいたのではなかったか」

「今年の春に亡くなりました。神の国へ行ったのです」

レコンテはさびしげな表情をした。

「そうか――」

直常が考え込んだとき、看守のひとりが、

「居たぞ、あそこだ」

熊笹をかき分けて赤い着物の男が逃げていくのが見えた。

看守たちが後を追うと必死で逃げていた男は振り向いた。手に斧を持っている。いかつい顔で筋骨たくましく、背筋が伸びており、元は武士だったのではないかと思わせた。

「こやつ、歯向かうつもりか」

男に身近に迫っていた看守は叫びながら腰のサーベルを抜いた。他の看守もサーベルを抜き白刃がキラキラと輝いた。

男はわめきながら斧を振り上げて看守に襲い掛かった。

看守はこれをサーベルで受けようとしたが、男が斧を振り下ろした力は凄まじかった。鋭い金属音が響いてサーベルが折れた。

看守が転倒すると男は倒れた看守を跳び越えて、別の看守に襲い掛かった。びゅんびゅんと風を切る音を響かせて斧を振り回す。

看守たちが、その勢いに押されるのを見た直常が、

「斬れ、容赦いたすな。斬れっ」

と叫んだ。男が振り向いて直常を睨み付けた瞬間、背後にいた看守が飛びかかるようにして斬りつけた。

男は背中を斬られて、うめき声をあげながらも、なおも斧を振り回して看守たちに迫ろうとした。その男を看守たちが押し包むようにして斬りつけた。

たちまちのうちに男は血まみれになり、手にした斧を直常に向かって投げつけた。斧は空中を回転しながら飛び、直常の足もとの地面に突き刺さった。

それを見て、男は血だらけの顔でにやりと笑って頽れた。看守のひとりが男の傍に片膝をついて、止めを刺した。

男の体はすでに動かなかった。

直常が悠然と男の遺骸に近づくと、看守が男の懐から木の枝に刺した魚を取り出した。

「このようなものを持っております」

直常は木の枝を手にして魚をしげしげと見た。こんがりと焼かれている。たった今まで火であぶられていたかのようだ。

直常はじろりとレコンテを見て、

「先ほど、囚人など見なかったと言ったがこれはどういうことだ。お前が魚を囚人にやったのではないのか」

と質した。レコンテは表情を変えずに頭を振った。

「違います。わたしは先ほど川まで水を汲みに行っていました。その間に魚を盗んだのでしょう。それに、これも――」

レコンテはさりげない様子で地面に刺さった斧を抜き取った。

「脱走した囚人だ。腹が減っていたはずだが、魚を一匹だけしか盗まなかったのは妙ではないか。それにお前は先ほどわしが来たおり、魚が一匹足りないことに気づいていたはずだが、何も言わなかったぞ」

直常が疑わしげに見つめると、レコンテは微笑んだ。

「考え事をしていましたから、魚の数が足りないことに気がつきはしませんでした。

それに狐がこっそり魚をとっていくこともあります。わたしは自分が食べる分があれば、数が減っても気にはしません」

「そうか」

不審げにレコンテを見ながらも直常はそれ以上のことは訊かずに、

「雇ってもらいたいと言ったな。樺戸集治監についてこい。月形典獄にわしから話してやろう」

と言うと、看守たちに囚人の遺骸を運ぶよう命じて歩き出した。


直常が囚人の死体とともに戻ると、潔は眉をひそめて迎えた。獄舎の前で莚に包まれた死体を検分した後、

「斬るしかありませんでしたか」

とため息まじりに言った。

「さようです。看守がひとりでもやられれば、他の囚人たちがわれらを甘く見て暴れ出すでしょう。秋霜烈日の厳しさでのぞまねばなりますまい」

直常は眉ひとつ動かさずに言い切った。

集治監の囚人はこれから数百人にまで増えていくだろう。それを四、五十人の看守で統御していかねばならない。

北海道の僻遠の地に建設される樺戸集治監は厳しい自然に囲まれた天然の牢獄だけに囚人だけが閉じ込められているとは言えない。少しでも力の抑制ができなくなれば立場は一瞬で逆転するかもしれない。潔たち始め、看守も同じ牢獄にいるのだ。

その不安は潔にもあった。潔は思いをめぐらしながら死体を見つめていたが、ふと傍らにレコンテがいるのに気づいた。

「──海賀さん」

レコンテに目を遣りつつ、説明を求めると直常は潔の耳もとで囁くように答えた。

「脱走した囚人を見つけた場所におりました。村を追い出され、祖母も亡くなったので、行く所がないので集治監で働きたいと申しています。しかし脱走した囚人を助けようとした疑いもあります。追い払うより、近くに置いて監視した方がよかろうと思って連れてきました」

潔は直常の説明を聞きつつレコンテの様子をうかがった。レコンテは神妙な態度でうつむいていた。潔はやおらレコンテに近づいた。

「ここで働きたいというのは、本当か」

「はい、そうです」

レコンテは澄んだ目を潔に向けた。

「お前の祖母はわたしが木を伐れば、悲しみを背負うことになる、と言った。わたしがこれからここでしていくことは木を伐り、道を作り、田畑を広げ、町をつくることだ。それでもよいのか」

レコンテはゆっくりと頭を振った。

「よいことだとは思いません。それにここは罪を犯した者を閉じ込める場所だと聞きました。熊も狐も鳥も足があれば走り、羽があれば飛びます。閉じ込めることはよいことではありません」

「それならなぜここで働こうというのだ」

「あなたはそれを自分のためではなく、ひとのためにされるのでしょう。そして自分が悲しみを背負われるのです。わたしはそんなあなたの悲しみを無くすためにここに来たと思っています」

どことなく悲しげにレコンテは答えるのだった。

「どうしてわたしの悲しみを無くそうなどと思うのだ」

「祖母が亡くなる前にそう言ったのです。わたしとあなたは悲しみという運命で結ばれている。どちらかが亡くなるまで悲しみは消えることがないと」

静かにレコンテは言い切った。潔はレコンテを自分の侍僕として雇おうと思った。

明治十四年九月三日、樺戸集治監の開庁式が行われた。

開庁の際の収容囚人は、三十九人だった。獄舎は丸木造りの一棟だけで窓には鉄格子がはめられている。独房の他、三人、五人房などがあった。

さらに食堂、浴場があり、炊事室は獄舎の外に設けられ、水は近くの川から囚人によって運ばれた。

囚人の食事は、米が四割と雑穀が六割の飯に、塩鮭、塩ニシン、ジャガイモなどの惣菜（そうざい）がつけられた。風呂（ふろ）は夏が五日に一度、冬は十日に一度と定められ、脱衣から入浴まで看守の監視下で号令によって行われた。

囚人たちは起床から食事、労役、就寝にいたるまですべて通用口に設けられた鐘を鳴らして指示された。

かーん
かーん
と響く鐘の音に従って囚人たちは動いた。完成した獄舎を潔が見てまわった時、傍らに付き従ったレコンテの顔色がしだいにすぐれなくなった。見かねた潔が、

「どうかしたのか」

と訊くと、レコンテはうつむいた。しばらくして口を開き、

「冬がこわいです」

と言った。潔は眉をひそめた。

「冬が恐いとはどういうことだ」

「シャモはこの地の冬を知らないひとが多い。雪が降れば川は凍って舟で物を運ぶことができなくなります。まわりは深い雪で覆われ、牢屋ごと雪の牢獄に閉じ込められます。それなのに囚人たちは薄い着物を着ているだけで手足もむき出しだ。この冬には皆、ひどい目にあうでしょう」

レコンテの言葉には自然に対する恐れが滲み出ていた。潔も北海道の冬の厳しさは聞いているだけに対策を講じようとしていたが、政府に要請しても対応は鈍く、予算を組もうとはなかなかしなかった。

あるいは、どうせ、囚人の施設ではないか、という考え方が政府の中にあるのかもしれない。いまの政府要人にとっての関心事は別なことにあるからだ。そのことを考えると、潔の胸の内にはやり切れない思いが湧いた。

このころ、北海道では、

――開拓使官有物払下げ
が大きな問題となっていた。

開拓長官黒田清隆は、開拓使の十年計画が満期を迎えたことから、これまで巨額の財政投資を行って建設した官舎や倉庫、工場、牧畜場から鉱山にいたるまでを民間に払い下げることにより事業を継続させようとした。

この際に払下げを出願したのは開拓使の大書記官や権大書記官らで、開拓使の事業を継続するために、退官して北海社を設立して民営事業として行うので、寛大な条件の払下げを認めてほしいと願った。

黒田は、開拓使の存続延期を願っていたが、財政上それが許されないと知ってからは、強く北海社設立を推進した。

黒田にとって開拓使の事業は夢であり、結社をつくって開拓使官営事業を薩摩閥の官吏に譲り渡そうと図った。

払下げの条件は一千万円の国費が投じられた諸施設を三十八万七千余円の価格で払下げ、しかも無利息三十年賦にするという破格なものだった。

政府は黒田の主張によってこの年八月一日付けで払下げを認めた。背後には、大阪商法会議所の会頭五代友厚（ごだいともあつ）を中心とする関西の政商の動きがあったと言われる。五代友厚は黒田清隆と同じ元薩摩藩士で黒田と癒着しているのではないかと世論の反発を招いた。

この経緯が七月下旬から八、九月にかけて、新聞に書き立てられた。世論は沸騰し、政府批判が燎原（りょうげん）の火の如く燃え広がっていた。

自由民権運動が盛んになった時期でもあり、政府攻撃の格好の材料となった。政府に反発するひとびとによる幕末以来の騒然たる動きが起きていた。

　このような時期に北海道に建設されたばかりの監獄について関心を示す官僚はいなかったのだ。

（しかし、否応なく冬はやってくる）

　潔はそれを恐れて直常と対策を練った。しかし、防寒着の支給を政府に求めることぐらいしか手の打ちようがなかった。直常は苦い顔をして、

「後は精々、体を動かして凍傷になるのを防ぐことぐらいですな」

「寒冷が極まれば生命の危険を感じた囚人たちが暴れ出さぬとも限りません」

　憂い顔で潔が言うと直常は腹をくくった顔で言った。

「その場合は厳罰あるのみです」

「厳罰ですか」

　眉をひそめて潔は直常の言葉を繰り返した。

「さよう。冬の寒さよりも身にこたえる厳罰を以て臨むしか厳冬は乗り越えられないのではありませんか。なにしろ雪の牢獄に閉じ込められるのはわれらも同じなのですから。少しでも油断を見せればわれらが囚人によって屠られるでしょう」

　直常が言うのは、もっともだと潔は思った。

　雪で閉じ込められた監獄で看守と囚人が睨み合うようになれば、憎悪と復讐心しか

生まれないだろう。それは囚人によって北海道の開墾を行っていくという潔の理想とはかけ離れたものになる。

それが恐ろしかった。これまで囚人たちは、近くの須部都川の南の原生林で伐採の労役を行っている。昼間でも暗い森で巨木を切り出し、六町二反六畝（約六・二ヘクタール）の畑地を拓いた。

さらに石狩河畔に農地を拓いており、来春に野菜や豆、麻などの種を蒔く予定だった。開墾と伐採により北海道を豊かな土地にしていくことができれば、それが囚人たちの生きる道ともなっていくはずだ。しかし極寒に苦しみ、死者まで出れば囚人たちは希望を失い、さらに荒み、凶暴になっていくだろう。

直常がつぶやくように言った。

「やらねばならんのです。断じて行えば鬼神もこれを避くです」

潔は目を閉じてうなずいた。ふと、近頃、磯が地元の農家の女たちに養蚕を教え、ともに蚕の餌となる桑の栽培を始めたことを思い出した。

磯はこのころ札比内に野生の桑があることを知り、蚕の飼育を自ら始めた。近くの農家の女たちにも養蚕を勧めている。

樺戸集治監が地元のひとびとに禍々しく受け取られているだけに、少しでも近隣の農民たちの役に立てればという願いをこめていた。

時おり、官舎から出かけていき、一日を村で過ごして帰ってくる。そんなおりは疲れた様子ではあっても晴れ晴れとした表情をしていた。

(わたしも磯のように村の役に立ちたいものだ)

明るい思いで日々を過ごしたいと願わずにはいられないが、自分の職務はそれが許されないのだとあらためて思い直すしかなかった。

翌日から潔は自らも腰にサーベルを吊った。潔がサーベルを着用して官舎を出ようとすると、磯がおびえた表情で、

「さようなものを使うことになるのでしょうか」

と訊いた。

「使わずにすむよう、備えを囚人たちに見せておくのだ」

「それでは、まるで囚人の方々が敵のようではありませんか」

磯は痛ましげな表情になった。

囚人と地元のひとびとが力を合わせて北海道を開拓していくことが潔の理想だと知っていたからだ。しかし、いま潔がしようとしていることは囚人を武力で押さえつけようという圧政者の所業だった。

潔は磯の問いかけには答えず、無言で官舎を出た。磯の言わんとすることは痛いほどわかったが、それだけに何も口にすることができなかった。

検するのだ。

潔は看守の朝の点呼の際、全員のサーベルをあらためるよう看守長に命じた。一列に整列した看守たちはいっせいにサーベルを抜いて白刃に曇りがないかを看守長が点検するのだ。

一日の始まりに看守の職務がどのようなものかを覚悟させるためだった。このころ樺戸集治監には続々と国事犯が送られてきており、その中には看守に反抗的な態度を示す者も珍しくなかった。

獄舎で演説を行い、看守が制止しようとすると騒ぎ立て看守を罵った。

潔は騒ぎ立てた者たちの一日の食事を半分に減らすよう命じた。粗食でしかない獄舎の食事を半減されれば命にも関わる。

中心となった国事犯の男は独居房に入れ、反省の言葉を口にするまで閉じ込めた。狭い独居房では体を動かすこともままならず、入れられた者はたちまち衰弱する。

これらの罰を厳しくすることで囚人たちのあからさまな反抗は影をひそめたが、かわりに重苦しい空気が獄舎に立ち込めた。

ある日、労役で開墾地に出ていた囚人ふたりが作業中、看守の隙を衝いて脱走を図った。赤い獄衣を着たふたりは思いがけない速さで走った。

手には開墾のための鍬を持っていた。

看守たちがサーベルを抜いてふたりを追った。やがて灌木が生い茂るあたりに出るとふたりは看守たちに追いつかれた。

ふたりは鍬を手にして構えた。目をぎらつかせ、あくまで抵抗する意志を固めているようだった。

「鍬を捨てろ」

看守のひとりが怒鳴ったがふたりは嘲笑うように白い歯を見せただけで、同時に鍬を振るって看守に襲い掛かった。

振り下ろされた鍬で看守のひとりがサーベルを弾き飛ばされた。それを見た別の看守が恐怖にかられたように、

――斬れっ、斬れっ
と怒号した。看守たちはいっせいに斬りかかった。たちまちのうちにふたりの男は全身にサーベルの刃を受けて血まみれになった。

「おのれ」

ひとりが鍬を看守に投げつけて仰向けに倒れた。もうひとりは言葉も発せずうずくまり、泣き声をあげたかと思うと地面に突っ伏した。

看守たちは恐る恐る男たちに近づいた。

ひとりの男の体がぴくりと動き、驚いた看守が男の首をサーベルで斬りつけ、止めを刺した。もうひとりの体を看守が蹴飛ばしたが、すでに事切れており、動くことは

なかった。

看守たちは深いため息をついた。

囚人たちとの戦いがこの日だけでは終わらないことを誰もが予想していた。

四

看守が囚人を斬ってから、潔にとっては重苦しい日々が続いた。顔色が青ざめ、寡黙になった。

かつて中村円太が尊攘派の同志によって殺されたことを思い出した。ひとの死はまわりの者の何事かを変えていく。

筑前勤皇党が坂道を転がり落ちるように〈乙丑の獄〉で無残な結末を迎えたのは、円太の死がきっかけではなかったかという気がする。そうだとすると、樺戸集治監もまた奈落の底へ沈むのではないか、という予感に潔はおびえた。

東京では、官有物払下げ問題は藩閥政府への攻撃となっていた。

それとともに国会の即時開設の要求と結びついた。苦境に立たされた政府の内部にも官有物払下げに疑問を抱く者もあり、同時に国会開設に関して、政府内部に分裂が起きていた。

政府の中でも国会の開設に積極的だったのは大隈重信だった。

大隈重信はこの年三月に翌年末に選挙を行い、二年後に国会を開設すべきだ、とする意見書を提出した。

これに対して太政官大書記官井上毅がプロシア風の欽定憲法を唱え、岩倉具視や伊藤博文がこれに同調した。

官有物払下げをめぐる政府内の暗闘は国会開設問題とつながることで政府内対立の火種となっていったのだ。そしてこのころ、政府内部には、

——大隈の陰謀
という言葉がひそかに囁かれた。官有物の払下げについては大隈とつながりがある三菱が狙っていた。

ところが、黒田清隆と結ぶ五代友厚に利権をさらわれたため、大隈は門下生に新聞人を多く持つ福沢諭吉と組んで払下げ反対の世論を煽っているというのだ。

国会の早期開設を唱えて自らの声望を高め、薩長派を排斥するのが狙いだとまことしやかに言われた。

薩長の藩閥に属する者たちの間でこの陰謀説は広く信じられた。陰謀説を広げ、大隈の包囲網を作っていったのは、長州閥の伊藤博文だった。

北海道と東北の巡幸を終えた天皇の還幸を待って、政府は十月十一日の御前会議で

開拓使官有物払下げの中止を決定した。

さらに翌日、国会開設の勅諭を発し、明治二十三年に国会を開設することを明示し、大隈の罷免を発表した。

大隈は陰謀を企んではおらず、それだけに薩長の策謀に対して無防備だった。大隈は一日にして失脚し政府から追われた、いわゆる、

――明治十四年の政変
である。もっとも大隈自身は自らの辞任と引き換えに国会開設が決まったことから、

「吾輩の勝利と言える」

と嘯いた。政変後、土佐の板垣退助らにより、自由党が結成され、大隈もまた立憲改進党をつくり、世の中は国会開設へ向けて大きく動き出した。

潔は東京での政変を遠いこととして聞いた。間もなく樺戸集治監に初めての冬が訪れようとしていた。このころ囚人数は四百人近くになろうとしていた。これを三十人余りの看守で監視していかなければならないのだ。

北海道の寒冷は九州育ちの潔の想像を超えたものだった。

樺戸集治監は氷と雪に閉ざされ孤立した。火気がない獄舎は屋根の下にいても外にいるのと変わりない冷気にさらされた。

薄い獄衣しか着ていない囚人の中から病人が続出し、ほとんどの者がむき出しの手足に凍傷を負った。

　十一月に入り、本格的な冬になると病死する者が相次いだ。獄舎内にも氷柱が下がり、看守の中からも病人が出た。囚人たちはいずれも目をぎらつかせて、看守を睨み付け、不穏な空気を漂わせるようになっていた。

　潔は獄舎の中で騒いだり、壁を叩いたり、看守に暴言を吐くなどした者への厳罰を続けていた。食事を与えず、狭い独房に入れるだけでなく、さらに足に鉄の玉を鎖で結びつけた。外での作業の際は囚人たちの腰を鎖でつないだ。

　雪の中での作業に駆り出されていく囚人たちは時にあからさまに泣く者もあり、うめく者、念仏を唱える者が続き、さながら葬儀の列のような陰鬱さが漂った。

　それでも開墾作業は続けられたが、あまりに過酷になったため中断のやむなきに至った。

　潔は時おり官舎の二階の窓から周囲を見回したが、雪一色の荒涼たる景色だった。上空では、低くうなるような風音が不気味に響いている。

　部屋に入ってきた直常が窓から外を眺める潔の傍らにゆっくりと立った。何も言わない直常の様子から潔は察した。

「また死者が出たのですか」

「病監にいた三人が今朝方、つめたくなっておったそうです」

「そうですか。遺体はどのようにしますか。もはや、埋葬地は雪で埋まっています。雪を掘り起こすだけでもひと苦労でまた死人が出るかもしれません」

潔は柔らかな髭を震わせて直常に訊いた。

樺戸集治監ではこれまで死者が出ると棺桶に入れて埋葬地に土葬してきた。しかし、もはやそんな余裕は無くなりつつあった。

「しかたがありませんから雪の中にひとまず埋めておき、春を待って埋葬するしかありません」

　直常は重々しく言った。

　潔は死者を雪の中に放置しなければならないのか、とため息をついた。いまは雪におおわれているが、やがて春ともなれば腐って腐臭を放つ死骸が周囲に散乱することになるだろう。

　直常は潔を横目で見ながら、

「しかし、看守も囚人たちも遺骸をかついでいくのを嫌がってやりたがりません」

と付け加えた。獄舎はいま死の気配に被われている。誰もが死と関わることを恐れ、できれば目を背けたいと思っているのだ。

「そうでしょうな」

潔はうなずいて、しばらく考えてから振り向いて部屋の片隅に控えているレコンテに目を遣った。レコンテは静かな表情で潔を見返した。

「囚人と看守はいま憎み合っている。だから遺骸をかつぎたくないのだ。お前ならできると思うのだが」

潔に言われてレコンテは問い返しもしないで黙ってうなずくと部屋を出ていった。

「ほう、レコンテは死骸を運ぶつもりですか」

直常は感心したように言った。

「やってくれるようです」

うなずきながら、潔はなぜ、レコンテに頼む気になったのか自分でも不思議だと思った。直常と話しながらレコンテを見たおりに、

——レコンテに頼むしかない
という声が耳もとでしたのだ。

誰の声ともわからなかったが、ふと、亡くなったレコンテの祖母かもしれない、という気がしていた。

間もなく死者を背に負ったレコンテが門から出ていくのが見えた。看守たちはその姿を取り囲むようにして見守っている。

レコンテは門を出ると川の方角に向かって進んでいった。しばらくして戻ってきた

レコンテが今度はもうひとりの遺骸をかついで、また門を出ていった。その様子を囚人たちもじっと見つめるようになった。

遺骸を負って雪の上を歩くのは重労働のはずだったが、レコンテはさして苦しそうな様子も見せず、軽々とかついで歩いていく。

「やはり、アイヌはこの地の冬に慣れているものと見えますな」

窓からレコンテの後姿を見ながら直常がぽつりと言った。潔は頭を振った。

「いや、アイヌはわたしたちとは死体についての感じ方が違うのかもしれません」

「とおっしゃいますと」

「われわれにとって死体は不吉ですが、アイヌにとっては魂が脱ぎ捨てた脱け殻なのではないでしょうか」

潔は静かに言った。

「レコンテがさようなことを申しましたか」

「いや、そうではありませんが、あのように遺骸を軽々とかつげるのはそのためではないかと感じたのです」

直常は潔の言葉を聞いてレコンテの姿を目で追った。やがて吐息をついて、

「わたしには何もわかりませんな。しかし、あらためて気になるのは、あの男がなぜここに来たかです」

「なぜだと思いますか」

「山では暮らせないから来たと言っておりましたが、そうではなく何か目的があろうかと思います」

「アイヌにとってこの樺戸集治監は自然に背いた、在ってはならないものなのでしょう。ここが消え去るのを見届けようというつもりかもしれません」

潔はなおも窓から外を眺めながら言った。

やがてレコンテはまた戻ってきた。三番目の遺骸をレコンテが背負って門から出ていこうとすると、ひとりの赤い獄衣の囚人が駆け寄って話しかけ、遺骸をふたりで抱えた。

囚人は五寸釘(ごすんくぎ)の寅吉だった。

寅吉が何を思って手助けしようとしたのかわからないが、看守も止めなかった。

レコンテと寅吉が遺骸をかついで出ていくのを看守と囚人たちがそろって見送った。皆、頭を下げており、あたかも黙禱(もくとう)を捧(ささ)げるかの如くだった。

「寅吉め、逃げるつもりではないでしょうか」

直常が危ぶむように言った。潔は静かに答えた。

「この雪です。どこにも逃げ道はありません。あの男は賢いようですから、そんな馬鹿な真似はしないでしょう」

やがてレコンテと寅吉は肩を並べて戻ってきた。ふたりが門から入って来るのを看守と囚人たちは凱旋(がいせん)した兵士のように拍手で出迎えた。

この日、官舎に戻って夕食をとった潔に磯が何気なく、

「レコンテはやさしゅうございますね」

と言った。潔は箸(はし)を運ぶ手を止めた。

「なぜ、そう思うのだ」

「昼間、亡くなった囚人の遺骸をレコンテが運んだと聞きました。そのようなことができるひとはやさしいと存じます」

「アイヌは死を恐れぬのかもしれぬ」

潔がぽつりと言うと磯はゆっくりと頭を振った。

「さようなひとはいないと思います。ひとは誰もが死を恐れます。でも、それだけではなくて死者へのやさしさもあると思いますが、そのやさしさは酷(ひど)い目にあうと消えていきます」

「酷い目にあうと消えていくか。囚人たちを酷い目にあわせているのはわたしだな」

潔は暗い目をして言った。磯は悲しげな顔をして口を開いた。

「いいえ、酷い目にあっておられるのは、あなたも同じだと思います。でも囚人たち

はあなたを恨めばよいでしょうけど、あなたは誰も恨むわけにはいきません。それが悲しゅうございます」

　磯の言葉に潔は胸をつかれた。

「そうか。わたしは誰も恨むわけにはいかぬのか」

〈乙丑の獄〉で刑死した洗蔵は藩主長溥を恨んだだろう。長溥も維新後は福岡藩の尊攘派を壊滅させた自らの不明を悔いたという。だが、明治政府に仕える潔はもはや誰を恨むことも許されない。ただ、黙々と自らの職務を果たすだけだ。

（それがひととしての仕事と言えるのだろうか）

　複雑な思いが胸に湧きあがるが、かといって違う道が見えてくるわけではない。ただひたすら典獄としての役目をなしとげるばかりだ。潔は自分に言いきかせるように、

「それしかない」

　とつぶやく。磯がかすかにため息をついた。


　吹雪になった。もはや外での作業は不可能な日が続いた。

　獄舎の中で囚人たちは足を踏み鳴らして暖を取り、おたがいの体を寄せ合って体温が逃げるのを防ぐしかなかった。

　風呂(ふろ)にも入れず、獄舎には異様な臭いが立ち込め、神経ばかりが張り詰めていった。

時おり、看守が獄舎を見回り、

「こら、貴様ら何をしておる。離れぬか」

と怒鳴ることがあった。

寒さを防ぐため抱き合ううちに男色に走る者がいたのだ。女気のない獄では珍しいことではなかった。引きはがされた男たちが性器をむき出しにしているのを見て囚人たちは笑い声をあげた。

力のない笑い声だったが、日頃、無表情にしている囚人たちには愉悦に満ちた瞬間でもあった。しかし看守は笑った囚人たちを見つけ出しては食事を抜くなどの罰を恣意的に与えた。たとえ何があっても笑いは絶えて看守に向ける憎悪の眼差しだけが研ぎ澄まされていった。

潔はこの事態を見て、わずかな油断が大きな危険を招きかねないと看守にも規則を守らなかった場合の減俸や降格などの厳しい処分を行うことを決めた。

囚人を逃走させてしまった場合は俸給を没収したうえ、投獄すると告げた。

看守たちは皆、囚人から憎まれている。同じ獄舎に入れられれば殺されることは目に見えていた。死にたくなければ勤務に精励するしかなかった。

看守に緊張を強いることで冬を乗り切ろうと思ったのだ。だが、厳寒の監獄で囚人監視という過酷な職務につく看守たちは、より規則が厳しくなったことで潔への反感を募らせていった。

「これではわしらは囚人と同じではないか」

「何のためにかように苦しい職務を務めているのかわからんぞ」

と言い合う看守の数が多くなった。毎朝、訓示を行う潔に白い目を向ける看守がしだいに増えていった。

やがて吹雪がおさまって青空がのぞいた日、直常が、進言した。

「ようやく吹雪もやみました。看守への罰則強化はおやめになった方がよくはありませんか。近頃は命令に不服そうな顔をする者が出てきましたぞ」

潔は応じようとしなかった。

「囚人に厳格にあたっているのです。われわれにわずかな緩みがあれば、騒擾が起きるでしょう。そうなってしまってからでは遅いのです。看守たちはわたしを憎めばいいのです。それだけ囚人に酷くあたりはしなくなるでしょうから」

「しかし――」

なおも直常が言葉を続けようとした時、獄舎でひとの怒鳴り声がして大きな音が響いた。看守が部屋に駆け込んできて、

「囚人のひとりが看守のサーベルを奪って暴れております」

と告げた。聞くなり潔は部屋を飛び出し、直常とレコンテも続いた。官舎を出て獄

舎の前に行くと異様な男が立っていた。

獄衣を脱ぎ捨て赤い下帯だけだ。痩せてはいても筋肉がまだ落ちていない素裸で三十半ばの男は片手にサーベルをぶら下げて雪の上に立っていた。

サーベルを抜いた看守たちが取り囲んでいる。だが、男はそんな看守たちが目に入らぬ様子で空を見上げへらへらと笑っていた。

「どうしたのだ、その男は」

潔が鋭く声をかけると看守のひとりが答えた。

「こ奴、突然、衣服を脱いで裸になりました。気がふれて凍死するつもりだろうと放っておきましたら、突然、看守のひとりに飛びかかってサーベルを奪ったのです」

これまでにもあまりの寒さに追い詰められて正気を失った囚人が裸になり雪に埋もれたことがあった。

そんなおりに囚人を雪の中から連れ戻しても、同じことを繰り返し、凍死するまでやめないことを看守たちは知っていた。

だからこそ衣服を脱いだ囚人を呆然と眺めるだけにしており、それが隙となってサーベルを奪われたのだ。

「元は武士なのか」

刀が使える男なのかどうかを確かめようと潔は訊いた。別の看守が、

「対馬藩士だったそうです。名は興津格と言います」

「武士か。ならば、覚悟はあるだろう。容赦はいらんな」

潔は腰のサーベルを抜いた。

「月形さん、わたしがやります」

直常がサーベルの柄に手をかけて前に出ようとした。しかし、潔は手で素早く直常を制した。

「いや、看守たちが見ています。わたしが先頭に立って囚人を制圧しなければ承知しないでしょう」

潔はサーベルを手に雪を踏んでじわりと前に出た。すると今まで呆然と空を眺めていた興津格が不意に視線を潔に向けた。

「月形典獄、貴様は福岡藩の月形洗蔵殿の縁者だそうだな」

格は乾いた声で言った。潔はぎくりとしながらもサーベルを正眼に構えた。

「いかにも月形洗蔵はわたしの従兄弟だ。洗蔵さんに会ったことがあるというのか」

格はゆっくりと頭を振った。

「いや、月形洗蔵殿と会ったことはない。しかし中村円太なら会った」

「なんだと」

潔ははっとした。福岡藩の尊攘派が対馬藩の尊攘派との間に交流があったことを思い出した。

高杉晋作が福岡に亡命してきた後、長州に戻る際にも対馬藩尊攘派の力を借りているし、中村円太が、長州から戻ってきて同志の間で孤立した際には対馬藩の家老平田大江が気遣って助けようとしたことは潔も聞いていた。

「わしは対馬藩家老平田大江様の使いで何度か円太殿に会い、窮地を逃れさせようとした。しかし、それも虚しく円太殿は仲間に殺されてしまった」

格は冷笑しながら言った。円太が仲間に殺されたという無残な思いが潔の胸に甦った。酷い円太の死は長年潔の心を凍り付かせてきた。だが、それだけに格の言葉には怒りしか覚えない。

潔はさりげなく間合いを詰めた。

「昔話を聞いても仕方がない。この樺戸集治監にいる者は皆、なにがしかの昔を背負っておる。だが、それを言っても愚痴にしかならぬ」

潔は格を睨み付けた。尊攘派を名のる者たちはいつも声高に大義を唱えるが、その癖、行うのは夜盗と変わらなかった。

「わしは愚痴を言っているのではない。筑前尊攘派はさすがに仲間を殺すだけのことはある。明治の世になれば獄吏となって世渡りをしておるのかと感心したまでだ。さぞやあの世で月形洗蔵殿も喜んでおられよう」

ひややかな格の言葉が潔の胸を刺した。

典獄となったからにはおのれの使命を果たそうと覚悟を定めている。だから、自分のことを誹られるのは構わないが洗蔵の名を出されると憤らずにはいられない。枡木屋浜で無残に斬首された洗蔵の顔が思い浮かんだ。あのおり、潔はどうしてこのようなことになるのか、と泣き叫んだ。

その思いはこの男にはわからないだろう。

「対馬藩尊攘派であった男が、志士として死んだ月形洗蔵を辱めるのか。断じて許すことはできぬぞ」

サーベルを持つ潔の手が殺気で震えた。

「辱めておるのはわしではない。貴様の方ではないか。洗蔵殿は刑死したと聞いておる。貴様のような獄吏の手にかかったのだ。それを知りながら獄吏となったおのれを愧じるがよい」

格が言い終わらぬうちに潔は踏み込んだ。サーベルを振り上げて斬りつけたが、格はこれを軽くかわした。すっと前に出た時には格のサーベルが潔の胸元を狙って突きつけられていた。

「月形、お主は洗蔵殿とともに死んだ方が幸せであったな」

格はしみじみとした口調で言った。

「何を言うか」

潔は退いて構えを立て直しながら言った。

「いや、わしら尊攘派は皆そうだ。大義のために戦いながら徳川が倒れてできた世は思ってもみなかった化け物のような世の中だ。皆、維新の前に死んでおればよかったとは思わぬか」

「思わぬ。わたしには洗蔵さんの志を継いでなさねばならぬことがある」

叫ぶように潔は言った。

「志か、都合の良い言い訳だな」

格は憐(あわ)れむように言うと踏み込んで斬りつけてきた。潔は格のサーベルを弾(はじ)き返すと体をぶつけるようにして、二、三合、斬り合った。

周囲では直常始め、看守と囚人たちが息を呑(の)んでふたりの斬り合いを見守った。格はやおら下段の構えになった。

疲れが出たのだろうと見た潔が上段に振りかぶって斬りかかると格のサーベルは擦り上げてきた。しかも途中で止まり、斬り下ろしてくる気配があった。

(——斬られる)

一瞬、覚悟したが、なぜか格の動きは止まった。潔は格のそばをすり抜けた。ふたりがすれ違った後、格が、がくりと膝(ひざ)をついた。

脇腹が裂かれて血があふれていた。

格はサーベルを杖に立ち上がろうとしたが、うめき声をあげると、よろけて仰向けに倒れた。呆然と空を見上げた格の口から切れ切れの言葉が洩れた。

「青空だ。このような空をわしはひさしぶりに見た」

格はわずかに微笑んだ。

その表情はしばらくして凍り付いたように動かなくなった。

潔は息を切らしてあえぎながらも構えを崩さず、格がまた立ち上がるのではないかと警戒した。しかし、格がぴくりとも動かないのを見て、ゆっくりと近づき、片膝をつくと鼻に手をかざして息絶えていることを確かめた。

「死んでいる」

潔がつぶやくと、看守たちの間からどよめきが洩れた。

片膝をついたまま潔は格の顔が労役にやつれ、手足には凍傷があることに気づいた。満足な食事もとれず、体力も落ちていたに違いない。

自分はそんな男を非情に斬ってしまったのだと思った。

潔の胸の中に、この男は洸蔵の同志だったのだ、その同志をわたしは斬ったのだ、というやり切れない思いがあふれた。

ふと顔をあげると直常の同情するような目と合った。

その傍らにはレコンテがいる。レコンテは同情するでもなく、蔑（さげす）むわけでもない視線で静かに潔を見つめている。

潔はレコンテの目に北海道の自然の厳しさが宿っているような気がした。

五

その男が樺戸集治監にやってきたのは、厳しい冬が去った翌明治十五年（一八八二）の春のことだった。

この年になっても飛蝗（ひこう）の被害は衰えることを知らず、北海道の地は異様な不安にさいなまれていた。

男は名を杉村義衛（すぎむらよしえ）といったが、幕末には、

――永倉新八（ながくらしんぱち）

という別の名で知られていた。

新撰組（しんせんぐみ）の副長助勤で二番隊隊長、撃剣師範を務め、一番隊隊長の沖田総司（おきたそうじ）とともに新撰組きっての剣客だった。

松前藩江戸定府取次役の子として生まれ、この年四十四歳になる。幼いころから神道無念流剣術を修業し、十九歳の時に剣術修行のため脱藩して江戸に出た。

天然理心流の剣客だった近藤勇と知り合い、道場の食客となった。近藤が将軍徳川家茂の上洛を警護する浪士組に志願すると新八も行をともにした。

京に上った永倉は土方歳三らとともに新撰組を結成すると幹部のひとりとなった。元治元年（一八六四）六月の池田屋事件では近藤とともに尊攘派浪士が潜伏した旅籠池田屋に斬り込んで勇猛果敢な働きを見せた。

この時、永倉は一階の土間で新撰組の藤堂平助とともに戦い、外へ逃げようとする浪士を斬り伏せた。

さらに裏庭から逃げようとする浪士を追って後ろから斬り、便所へ逃れようとした浪士は串刺しにしたという。浪士のひとりが藤堂に斬りつけ、額に傷を負わせると、永倉はこの浪士に迫って斬り捨てた。

この浪士にとどめを刺した際、刀が土間まで突き抜けて折れた。あわてて浪士の刀を拾い上げたが、手がぬるぬるとするので見てみると左手の親指の付け根に刀傷を受けて流血していた。

自らが傷を負っていることにも気づかないほどの激闘だったのだ。

その後、鳥羽伏見の戦いの後、江戸に引き揚げると近藤と袂を分かち、明治の世になると松前に移住した。

さらに明治四年には北海道に渡り、松前藩の医師、杉村松柏の娘よねをめとり、杉村家の養子に入り、名を杉村義衛と改めたのだ。

義衛はその後、各地で剣術指南を行っていたが、囚人の脱走を防ぐためサーベルを振るう看守に剣術を指南するため樺戸集治監の剣術師範に就任したのだ。

義衛は潔に着任の挨拶をするなり、

「月形典獄は囚人のひとりとサーベルで立ち合い、斬り捨てられたそうですが、いかがでした。囚人はよくサーベルを使いましたか」

と渋い声で訊いた。

鼻が太くあごがはった武骨な顔立ちだが、京で新撰組として名を馳せた底知れない迫力を漂わせていた。

潔は気を呑まれないように腹に力をためて、

「いや、囚人は労役に苦しみ、体の力を失っています。サーベルをやっと振るうだけでした。斬り捨てたなどと言えることではありません」

と答えた。義衛の細い目がわずかに光った。

「追い詰められた者は思いがけない力を露わします。それは恐れねばならぬゆえ、下手に謙遜しては、看守が囚人を扱う際の油断のもととなりましょう」

半ば眠りながらのような穏やかな声だったが、潔の肺腑に響くものがあった。

「いや、おっしゃる通りです。サーベルを持った囚人は思いのほか手強かった。油断はならぬと思いました」

　さようでしょうな、とうなずいた義衛は携えてきた荷の中から一枚の扁額を取り出して潔に見せた。

　――修武館
という墨痕鮮やかな気迫のこもった書だった。

「これは――」

潔が訊くと、義衛はにこやかに答えた。

「こちらに赴くにあたって、東京で山岡鉄舟先生に揮毫を請いました」

「ほう、山岡様の書ですか」

潔はうなずいた。

元幕臣の山岡鉄舟は北辰一刀流千葉周作の門人で、勝海舟や高橋泥舟とともに、

　――幕末の三舟
と言われた。

　官軍の江戸攻めの際に勝海舟の使者となって官軍に赴き、勝と西郷隆盛の会談の実現に尽力して江戸城無血開城を実現させたことで知られる。

　義衛が鉄舟の書を携えて樺戸集治監に来たのは並々ならぬ決意を表すものだった。

潔は感じ入って、

「この額は演武場に掲げましょう。以後、樺戸集治監の剣術道場は修武館と称することにいたします」

と告げた。義衛はにこやかな笑みを浮かべてうなずいた。

翌日から義衛は道場で看守たちに稽古をつけた。いわゆる道場剣術の稽古ではなく、義衛が京の新撰組時代に練り上げた実戦的な剣法だった。

潔は時おり道場に出て見学していたが、ある日、義衛は、下段の構えから上へ敵の剣を擦り上げておいて、下へ切り落とす技を見せた。

潔はその技をどこかで見たことがある気がした。はっと気がついて、

「杉村さん、いまの技は――」

と問うた。義衛は何気なき様子で振り向いた。

「龍飛剣と申します。若いころから、わたしの得意技です」

「去年、わたしがサーベルで戦った囚人が同じ技を使おうとしたように思います。なぜか斬り下ろしてはきませんでしたが」

潔は首をかしげて言った。

あのおり、格の動きが止まったのはなぜなのかとあらためて思った。いまの義衛のように技を使えば自分は斬られていたに違いない。

「その囚人は武士でござったか」

「元対馬藩士で興津格という名だそうです」

　義衛は少し考えてから答えた。

「対馬藩士なら長州藩の尊攘派と通じておったはずです。長州藩は藩士に江戸の斎藤弥九郎先生の道場で神道無念流を修行させました。おそらくその囚人もわしと同じ神道無念流を稽古したのでしょう」

「斬り合ったおり、囚人は龍飛剣の動きを途中で止めました。なぜ斬り下ろしてこなかったのか不思議です」

　潔は義衛の目を見て訊いた。義衛は無表情に答えた。

「それは、もはや死にたかったからでしょう。獄舎で寒さに震えて死ぬより、剣で立ち合って死ぬ方が武士の死に方らしいですからな」

　義衛の言葉が鋭く潔の胸を刺した。格にとっては、もはや、この世を去ることだけが望みだったのだ。この樺戸集治監はそれほどに厭わしい場所でしかなかったのだろう。

（わたしは、いったいここで何をしているのか）

　潔の顔に懊悩の色が浮かんだのに気づいたかのように、義衛はつぶやいた。

「生きていく気力を失ったのは、この世に負けたということです。負けた者が何を思うていたかなど気にされることはありませんぞ」

潔はしばらく瞑目していたが、不意に目を見開くと義衛に顔を向けた。

「杉村さん、わたしの従兄弟は月形洗蔵と申し、筑前勤皇党の領袖でした」

「うかがっております」

義衛は深い目の色をしてうなずいた。

「洗蔵は御一新の前に刑死いたしました、それゆえ、勤皇の志士として洗蔵の名を知る者は少ないのです。杉村さんは幕末に新撰組として志士を斬る側におられた。死んだ志士たちはいまの世をどう見ていると思われますか」

潔が問うと、義衛はしばらく考えてから答えた。

「諦念でありましょうか」

「諦念——。わたしは死んだ者は無念の思いをいだいているのではないかと思いましたが」

やや不本意な表情で潔が言うと、義衛は笑った。

「新撰組の同志であった近藤勇や土方歳三、沖田総司も無念を抱えて死んだとは思いますが生き残ったそれがしほどの無念は抱いておらぬ気がします。死んだ者は、おのれの生涯をまっとうしました。それに比べて、生きていまの世を見ねばならなかった者は無念でございます」

「それはわたしも同じかもしれませんな」

「死んだ者の無念は生きている者の無念に勝ることはありますまい。生きている者がおのれの無念を死んだ者に託して口にしては、死んだ者が成仏できぬと思います。それゆえ、諦念ではないかと申し上げた」

「死んだ者が無念であろうと思うのは、わたしが無念に思って生きているからだということですか」

得心したように潔はうなずいた。

「さようです。亡くなられた洗蔵様は、おのれに課されておられることがあったのではないかと存じますが」

義衛は確かめるように訊いた。

「いかにも、われら月形一族は夜明けを先導する月とならねばならぬ、とよく申しておりました」

「夜明けを導く月でござるか」

しばらく考えた義衛はにこりとした。

「それは月形さんにふさわしい信条ではございませんか。この樺戸集治監はいままさに闇夜でございます。月形さんに求められているのは、ここに夜明けの光をもたらすことでしょうから」

義衛の言葉が胸に響いた潔は、自分はこの樺戸集治監に夜明けの光をもたらすことができるのだろうか、と思った。

そうありたい、と願ってきた。しかし、願うことが行えることであるかどうかはわからない、という暗い思いが胸の中で吹き荒れていた。

潔は義衛に会釈すると道場を出て、執務室へと戻っていった。


このころ、磯の養蚕は本格的になっていた。

村の廃屋に蚕棚をつくり、蚕を育てるとともに、糸車をそろえて、蚕の繭から糸を繰る技術を村の女たちに教えた。初めはひとり、ふたりしか来なかった女たちが、いまでは十数人に増えていた。

作業をしながら、喧しいほど話の花が咲き、磯もその中に加わった。

典獄の妻である磯に気兼ねしていた女たちもしだいに打ち解け、村の噂話の輪に磯を入れるようになっていた。

女たちの話題はときに卑猥に落ちることもあって磯の顔を赤らめさせた。やがて女たちは磯へ樺戸集治監についての話をするようになっていった。

「やはり、重罪人ばかりがいると思うと怖うございます」

率直に言った女はそのうえで、考え深げにつけ加えた。

「それでも、集治監があるおかげで石狩川を上り下りする船便ができたのは有りがたいことです。そのほかにもおかげを被っていることはありますから、文句は言えません」

磯は女の話にうなずいて、

「囚人たちは荒地の開墾もするのですから、皆さんのお役に立てればいいのですが」

とつぶやくように言った。年かさの女が、磯をうかがうように見た。

「それより、囚人が脱走するんじゃないかと村の者は心配しております」

「脱走ですか」

磯も心配していることだけに眉をひそめた。

「もし囚人が逃げて村に来たら、何をするかわからないから怖いです」

若い娘が顔を青くして言った。

「大丈夫です。看守がしっかり見張っておりますから、逃げたりはできません」

磯は不安げな女たちをなだめた。年かさの女が唇を舌で湿らせてから言った。

「もし囚人が逃げようとしたら、その場で斬り殺しちまうんでしょう」

「囚人が暴れればそうなってしまうでしょうね」

哀しげに磯はうなずいた。年かさの女はなおも言葉を重ねた。

「そのために、あのひとを雇ったんだって村の者は言っております」

「あのひと？」

磯は首をかしげた。年かさの女は怖気づいた目をして告げた。

「新撰組のひとでございます」

いまは杉村義衛と名のっている永倉新八のことだ、と磯にもわかった。幕末、京の巷で血生臭い戦いをした新撰組の名は農民の女たちにまで轟いているようだ。

磯は何度か樺戸集治監の官舎のそばを歩いている義衛を見かけていた。新撰組の猛者であったとは思えないような穏やかな風貌だったが、腰の据わりや油断のない気迫は剣客のものに思えた。

義衛には荒々しい様子はないが、新たに剣術師範が来たことで、樺戸集治監には凄愴な気配が漂いだしたようにも思えた。

(何事も起きなければよいのだけれど)

せっかく村の女たちと養蚕を始めただけに、平穏に日々が過ぎることを磯は願った。

やがて話を終えた女たちは糸車を回し始めた。


この年の冬、樺戸集治監からの脱走を図る囚人はあいついだ。その都度、看守が追跡して捕えるか惨殺した。

夕刻になって、突如、囚人の脱走を告げる呼び笛が響き渡る。作業中の囚人三人が看守の隙をついて作業場近くの林に逃げ込んだのだ。

樺戸集治監の周辺は開墾が進み、近くの当別村まで仮道がつけられていた、囚人たちは追手から逃れると村内に忍び込み、食物を奪って空腹を満たし、さらに目立つ赤い囚人衣から村民の着物に着替えて逃亡した。

看守は夜の捜索が困難なことから夜明けを待って当別村へ入った。十人の捜索隊だった。

村民に質すと、一軒の農家から食べ物や衣類を盗んだが、まだ遠くへ行かず、どこかへ潜んでいるかもしれないと言う。

「石狩までは三里ほどあります。逃げようと思えば、まだ食べ物がいるでしょう。鎌や出刃包丁が盗まれていますから、強盗をするつもりかもしれません」

村民はおびえた表情であたりをうかがって言った。

捜索隊は村民に案内させて村の家を一軒ずつ虱潰しに調べてまわった。

どの家も村民が恐怖を感じている様子で顔を出し、頭を横に振って、囚人は押し入っていないと告げた。

すでに村を出たのではないかと看守たちが話しながら、村はずれの一軒を訪ねた。

案内をした村民が声をかけても返事がない。

訝しく思った看守がサーベルを抜いて、入り口から中をうかがうと土間にひとが倒れているのが見えた。手を投げだし、あおむけに倒れた男は白目をむいている。

「どうした」

看守があわてて駆け込むと、わあっと叫ぶ声がして男が鎌を振りかざして襲ってきた。鎌が看守の腕をかすめる。

看守は驚いて反撃しようとしたが、足に衝撃が走って転倒した。はっとして見るともうひとりの男が長い棒を手に看守の足を打ち据えていた。

「脱走囚人だ」

看守が叫ぶと、外にいた看守たちがサーベルを手に駆け込んできて、囚人たちに斬りつけた。囚人たちは鎌や出刃包丁、棒を振るって抵抗したが、やがて家の隅に追い詰められ、膝をついて捕縛された。

最初に家に踏み込み、棒で転倒させられた看守が興奮して囚人たちを足蹴にした。

囚人たちはうめいて床に転がり、中のひとりが、

「貴様ら看守をいつか殺してやる」

とわめいた。その声にこめられた殺気に看守たちは一様にぞっとした表情になった。

このころ樺戸集治監の囚人は千人を超えていた。その中でこの年は三十二人が脱獄し、三十人が捕えられ、二人が看守によって斬殺された。

囚人たちは脱走を図るだけでなく、憎悪を看守に向け、殺意を抱くようになっていた。

看守たちは、囚人から身を守らねばならないと潔に訴えた。その訴え通り、囚人の中には獄中にひそかに鎌の刃を持ち込む者が出てきた。

樺戸集治監は殺意を持った男たちが睨みあう獄になっていった。


翌年になっても囚人の脱走は続いた。

本州の岡山監獄署や三池集治監、徳島監獄署などでも十数人から数十人規模での脱獄が相次いだ。

脱獄の際、囚人たちはひそかに武器を用意しており、看守に重傷を負わせた例もあった。

潔は囚人の身体検査を常に怠らないよう指示するとともに、看守に銃を持たせることを決意した。

五月――

石狩川を上ってきた貨物船によって三十挺の銃と弾薬がもたらされた。潔は武器庫を作って銃と弾薬を保管するとともに看守に銃の携行を許した。

さらに看守の中で馬術にすぐれた者を選りすぐって脱走した囚人を追跡するための騎馬隊を編成することにした。

不穏な動きがあれば、すぐさま射殺することも許可した。

この年、冬になって囚人たちは野外作業で手足を凍傷させ、夜は寒気に震え、凍死する恐怖におびえるようになった。そしてたまりかねて逃げ出した囚人の背に向かって看守の銃が発射され、

ずだーん

という銃声とともに、脱走囚人が襤褸切れのように真っ白な雪原に転がり、赤い血が雪を染めた。

初めて騎馬隊が編成された日、潔は馬とともに勢揃いし、銃を携えた看守たちを前に訓示した。潔の傍らに直常とレコンテが控えている。

牡丹雪が降って、敷地を真っ白にしていた。

「諸君は、わが樺戸集治監から脱走を図る者を地の果てまでも追って捕まえるのが務めだ。どうしても捕えられぬとわかったら銃を使え。死体にしてでも連れ帰るのだ。逃げ延びさせることは断じて許さない」

大声で呼びかける潔の口髭に雪がついた。潔が声を発すると雪が震え、散っていく。

「脱獄者に情けは無用である」

潔はなおも言葉を続ける。雪の降り方が激しくなってきた。騎馬隊の看守や馬にも雪が降りそそいでいく。

潔の背後に立つレコンテが、空に目をやって、

――アイヌライケウパシ

とひと言つぶやいた。直常が目をレコンテに向けて低い声で訊いた。

「何と言ったのだ」

「〈人殺し雪〉と言ったのです」

アイヌはひと、ライケは殺す、ウパシは雪という意味らしい。

「ひとを殺す雪だと、どういうことだ」

「このような雪が降るとかならず寒さで凍りついて死ぬ者が出ます。ですから、アイヌは〈人殺し雪〉と呼びます」

「そうか」

うなずいて直常は前を向いた。

レコンテの言葉は看守たちに訓示している潔の耳に届いた。脱獄囚は射殺してもよいと雪にまみれながら叫んでいる自分に向かって、

――アイヌライケウパシ

と囁かれたように思えた。

――人殺し雪

潔は胸の底まで凍りついていく気がする。

八月には開拓地の下帯広村にも飛蝗が襲来した。

雲のように飛来した飛蝗は、入植者たちが丹誠込めた農作物を食い荒らし、ひとびとの努力をあざ笑うかのようだった。

年が明けて春となった。

「月形さん、どうも怪しいのですが」

潔の執務室に入ってきた直常が声をひそめて言った。

冬になるといつも雪焼けする直常の顔がとりわけどす黒くなり、何事かを案じる風だった。

「どうしました」

「鉄砲の弾が武器庫からひそかに盗まれておるようなのです」

直常はあたりをうかがいながら言った。

「なんですと」

潔はぎょっとした。銃と弾は、看守が使用していないものについては保管を厳重にして囚人が立ち入ることのできない武器庫に入れている。

「銃の数は減っていないのですね」

確かめるように潔が訊くと、直常は重々しくうなずいた。

「無論です。銃が無くなっていれば、ただちに獄舎をすべて捜索させます。しかし、銃弾となると隠すのは容易ですから」

「銃弾を盗み出している者の狙いはなんだと思いますか」

潔は目を鋭くして自分に問いかけるように言った。

「おそらく反乱でしょう。看守の銃を奪い、銃撃戦になったときに備えて銃弾を盗みためているのではありませんかな」

直常の言葉に潔はうなずいた。それ以外には考えられないと思った。

囚人たちは屈強な者でも酷寒の地での労役と貧しい食事で疲れ切り、看守と戦う力を失っている。脱走してもすぐに射殺されるだけだ。

残されている道は銃を奪って反乱を起こし、看守たちを皆殺しにしてから逃げることしかない。

「しかし、武器庫に忍び込める囚人がいるでしょうか」

潔が首をかしげると、直常は口を開いた。

「ひとりだけおるではありませんか。五寸釘(ごすんくぎ)の寅吉です」

「寅吉が――」

死んだ囚人の遺体を埋葬するレコンテを手伝って以来、寅吉は囚人の間で人気を得ていた。しかも、辛(つら)い労役にも文句を言わず、作業を行い、倒れた囚人がいればかばってやっていた。

そんな寅吉に対して看守たちも遠慮する様子が見えていた。かつて脱走を繰り返し、〈五寸釘〉の異名をとった猛者の寅吉は、樺戸集治監でも必ず脱走を図るに違いないとみられていた。

もし、脱走を許せば、看守たちには減俸などの処分が待っている。それだけに寅吉の動向を半ば恐れるように見張っていた。

しかし、寅吉は看守にあらがう素振りを見せず、模範囚として淡々と過ごしている。脱走しようとして斬られた囚人の埋葬は、いまではレコンテと寅吉にまかされるようになっていた。

そんなおり、寅吉は表情を少しも変えず、レコンテとともに雪原へ遺骸を運んでいく。その様子は厳粛そのもので、この男が名うての無頼だったとは思えなかった。

寅吉はレコンテ同様、看守や典獄の部屋がある建物にも出入りして薬品や衣類を運んだり、掃除などもするようになっていた。

寅吉にそんな仕事をさせるよう求めたのは看守たちで、できれば寅吉を自分たちの味方に引き寄せておきたい、という狙いがあるようだった。それでも寅吉は囚人たちから毛嫌いされることはなく、信頼を得ているようだ。

囚人と看守の憎悪が深まる中で寅吉の存在だけが唯一の救いのようになっていた。

「もし、寅吉が銃弾を盗んでいるとしたら、相当、大がかりな反乱を企んでいると見なければなりませんね」

「そうですな、容易ならぬことです」

　直常は深刻そうなため息をついた。

「このことはほかの看守たちには話しましたか」

「いや、わたしが自分で記録と実際の銃弾の数を調べたのです」

「では、しばらくは内聞にしてください。ふたりで、どのような陰謀が企まれているのかを探りましょう。看守たちには、銃を奪われぬよう油断しないことを厳しく命じておきますから」

「わかりました」

　直常が一礼して出ていくと潔は窓のそばに寄って、獄舎の前の広場を眺めた。囚人たちが作業に出発するため一列に並んでいた。その中に寅吉もいる。

　看守が号令をかけて、囚人たちはゆっくりと歩き出した。潔は赤い着物を着た囚人たちの背を見送った。

六

　潔と直常がひそかに探る中、夏になったが、獄舎では何も起きなかった。銃弾はその後、盗まれず、武器庫にひとが忍び込んだ気配もなかった。

「どうしたのでしょうか。あきらめたとも思えませんが」

潔は執務室に直常を呼んで意見を訊いた。直常はしばらく考えた後、

「わたしが銃弾の数が減っているのに気づいたことを察知したのでしょうな。用心しているのでしょうが、もし脱走を図るなら雪のない、夏の間です。そろそろ動きがあるかもしれません」

と答えた。

「そのことですが、寅吉の動きを探るのにレコンテを使おうかと思うのです」

「レコンテを？」

直常は首をかしげた。

「はい、レコンテは寅吉とともに仕事をする機会が多いのですから、ひそかに様子を探ることができるでしょう。寅吉の一味となりそうな囚人をいっせいに取り調べて銃弾のありかを白状させようかと思います」

「なるほど、それはよい考えかもしれませんが、レコンテが言うことを聞きますかな」

「どういうことでしょうか？」

「レコンテは寅吉と仲がよいようなのです。アイヌは友を大事にします。レコンテにとって寅吉が友ならば裏切るような真似はしたがらぬでしょう」

直常に言われて、潔はしばらく考えた。たしかにレコンテは命じたからと言って従うとは限らない。しかし、寅吉を見張ることができるのはレコンテしかいないように思える。

　潔はゆっくりと口を開いた。

「もし、レコンテがわたしの命に従えないというのであれば、ここでの仕事を辞めさせます。ここにいたければ寅吉を見張るしかないと告げましょう」

　厳しい表情で言うと、直常は複雑な表情になった。

「月形さんは変わられましたな」

「わたしがですか？」

「さようです。以前の月形さんはさように上から押し付ける命令をされることがなかったではありませんか」

　直常はさびしげな笑みを浮かべた。潔は何も言わず、顔をそむけて目を閉じた。すでに何人もの囚人を看守に斬殺（ざんさつ）させてきている。

　わずかでも油断すればひとが死ぬのだ。自分にできることは、ひとりでも死ぬ者がいないように全力を尽くすことだけだ。

（それしかない。それが月として生きることだ）

　潔は洗蔵の顔を思い浮かべた。洗蔵が抱いたのも、そんなせつない思いだったのではないだろうか。

この日のうちに潔はレコンテに寅吉を見張るよう命じた。

「なぜ、そのようなことをしなければならないのでしょうか」

聞き返すレコンテに潔は武器庫から銃弾が盗まれている。盗んだのは寅吉のほかに考えられない。おそらく反乱を企んでいるのだろうから、見張るのだ、と言った。

レコンテは表情を変えずに言った。

「わたしにはそうは思えません」

「なぜだ」

「寅吉は群れることのない男です。何をやるにもひとりだけでしようとするに違いありません。もし、銃弾を盗んだのが寅吉だとしても自分ひとりで使うつもりでしょう。いますぐ寅吉の持ち物を調べれば盗んだものは出て来るでしょう」

レコンテは落ち着いた表情で答えた。

「確かに寅吉はいままでひとりで脱走してきた。しかし、この樺戸集治監を脱走しようとすればひとりでは無理だ」

潔が断言するとレコンテは少し黙ってから、

――レラ

とつぶやいた。レラとは風を意味するアイヌの言葉だとかつてレコンテから聞いたことがあった。

「風がどうしたというのだ」

「寅吉は風にのって逃げます。ひとの助けはいらないのです」

レコンテが何を言おうとしているのか、潔にはわからなかった。しかし、少なくともレコンテが寅吉の異常な力を感じ取っているのは明らかなようだ。

潔はレコンテを睨みつけた。

「わたしの命に従え、さもなくばここにいることは許さない」

レコンテは、じっと潔の顔を見つめた。そして深々と頭を下げた。

「わかりました」

レコンテはあきらめたように言った。


レコンテが寅吉を見張りだして一ヵ月がたった。

官舎での雑用をふたりはともにすることが多くなった。やがて寅吉はレコンテへ親しげな笑顔を浮かべ、肩に手をまわして話しかけるようになった。

ふたりはいつも何事か話し合っているようだった。

ある日、執務室で潔と直常が話しているところへ、レコンテが青ざめた顔でやってきて告げた。

「寅吉には恐ろしい企(たくら)みがあります」

「どうした。寅吉はやはり何かを企んでいるのか」

潔が椅子から立ち上がると、直常もレコンテの傍に寄った。

「はい、仲間が二十数人いるようです」

レコンテは恐ろしげに言った。

「二十数人だと」

潔は直常と目を見交わした。これまでの脱獄囚は二、三人で逃走を図っていた。二十数人がまとまって脱獄すれば潔の責任問題になるだろう。

「これは大変なことになりますな」

直常はうなるように言った。

「その二十数人の顔ぶれはわかるのか」

潔は目を鋭くして訊(き)いた。

「わかりません。ただ、寅吉は自分のほかに二十数人いる。いままでは少ない人数だったから、すぐにつかまった。二十数人が四方に逃げれば追手も分散されるから逃げられる。だから脱獄を手伝えとわたしに言ったのです」

「お前を仲間に入れようというのか？」

直常が驚いて訊いた。

「そうです。奴らは脱獄したら騎馬隊に追われないよう山越えをして厚田村に行き、衣服や食料を盗み、さらに漁船を奪って海岸沿いに北上し、宗谷海峡をまわって樺太まで逃げるのです。樺太になら役人も追ってこないはずだ、と言っていました。樺太までの道案内にはアイヌであるわたしが必要なのです」

「なるほど、悪賢いな」

潔は嘆息した。

これまでの脱獄囚は逃げ出すことしか考えず、脱獄すると道が通じている当別村へ逃げた。このため追手は逃げた囚人を容易く発見することができた。だが、山に入られれば追うのは苦労するだろう。

厚田村は北海道の西海岸にある鰊漁で栄えた漁村で、弁財船で漁に出かけるため、船数も多い。また裕福な漁師もいるだけに、脱獄囚が逃亡のため衣類や食料を奪うのに都合がいいだろう。

直常は腕を組んでつぶやいた。

「さすがに破獄を繰り返してきた男は考えることが周到ですな」

「まるでウェンカムイのようです」

レコンテが茫然として言った。

「ウェンカムイだと？」

直常は顔をしかめた。

「ウェンカムィは悪い神です。アイヌの言葉でカムィは神です。ウェンは悪いということを表します。アイヌは羆(ひぐま)を山の神、キムンカムイと呼びます。しかし、一度でも人を傷つけた羆は、悪い神であるウェンカムイとなって、人を襲い続けます。それは、神の怒りによって他のものは何も食べられないよう罰されるからです」

うなずいた潔は、ふと思いついて、

「寅吉がウェンカムイだとすると、わたしはなんだろうな」

と訊いた。レコンテは頭を横に振った。

「わたしには、わかりません。ですが、あなたはこの地を新しく作るカムイになろうとしているのではありませんか」

「では、わたしもウェンカムイなのか」

潔が微笑して言うと、レコンテはまた頭を横に振った。

「わたしにはわかりません」

潔はレコンテを見つめた。

「わたしの姓は月にちなんでいる。だからわたしの尊敬する従兄弟(いとこ)は、われら月形一族は夜明けのために日の神を先導する月の神にならねばならぬと言った。月の神はアイヌ語で何と言うのだ」

潔の言葉を聞いて、レコンテは恐れを抱いた目になって小声で言った。

――クンネチュプカムイ

クンネは黒い、チュプは太陽のことだ。

アイヌに伝わる伝承では、日神のペケレチュプカムイと月神のクンネチュプカムイは、この国の霧でおおわれた暗い場所を照らそうと、日神は雌岳(マッネシリ)から、月神は雄岳(ピンネシリ)から黒雲に乗り、天に昇ったという。

直常が、にこりとして、

「それは、典獄にふさわしい呼び名のようでもありますな」

と無遠慮な口調で言った。

「クンネチュプカムイか」

潔は口の中で繰り返した。

夜の原野を照らす青白い月の輝きが見えるような気がした。

六月に入り、夏にしては肌寒い風が吹く日が続いた。

潔はレコンテに寅吉の脱獄計画をすべて探りだすように命じた。寅吉はその後も官舎での仕事に携わり、変わった様子を見せなかった。

レコンテにも脱獄の時に向けて用意をしておけというだけで、誰が仲間なのか、詳

しいことは話さないのだ、という。それでも、ようやく、

——七月十日

に脱獄を決行するらしい、とレコンテは潔に報せてきた。

雪におおわれる冬は樺戸集治監からどこへも逃れられないだけに夏に脱獄するしかなかった。直常は、寅吉を拷問してでも脱獄計画のすべてを白状させるべきだと潔に進言した。

「なんとしても寅吉のたくらみを防ぐにはそれしかありませんぞ」

「しかし、寅吉は五寸釘を踏み抜きながら三里を走って逃げたという男です。なまじな拷問では白状しないのではありませんか。拷問のあげく死なせてはわたしたちの落ち度になります」

「では、どうすると言われるのですか」

直常は顔をしかめて訊いた。

「やはり、脱獄を図ったその場で捕え、一味の全貌を明らかにするしかないでしょう」

考え抜いたことを潔は話した。直常は懸念する表情になって、

「しかし、それは危ないですぞ。二十数人が逃げるとなれば騒動になっているでしょう。何人かは取り逃がす恐れがある」

「動きが起きた時、まず寅吉を捕えます。指揮をする者がいなければ烏合の衆です。

逃げ惑うばかりでしょうから」

「そううまくいけばいいのですが」

直常は恐れるようにつぶやいた。

潔は押し黙った。うまくいくという確信は潔にもなかった。二十数人の囚人が必死の思いで暴れ出せば制圧するのが難事だと想像できた。

（樺戸集治監での内乱となるのではないか）

潔の背筋に悪寒が走った。

六月二十五日――
ずだーん
突如、銃声が獄舎から響いた。看守の悲鳴と男たちの怒号が交差した。潔は銃声を聞いてサーベルを腰につり、官舎から飛び出た。
「しまった。寅吉め、もう動いたのか」
あわただしく獄舎に向かう間にも、
ずだーん
ずだーん
と銃声が響く。直常もサーベルを腰にして走り出てきた。昼下がりで野外作業から囚人たちが戻る時刻だった。官舎と獄舎のあちこちで看守たちが、大声をあげて右往左往している。

「何が起きた。報告せんか」

直常が怒鳴りつけると、看守のひとりが直立不動の姿勢をとって、

「看守が襲われ、銃を奪われました」

「なんだと、何挺、奪われたのだ」

直常が血相を変えて訊いた。看守は震え声で答えた。

「三挺です」

三挺の銃が奪われたと聞いて潔は蒼白になった。銃撃戦になれば看守にも死者が出るかもしれない。そうなれば樺戸集治監の大失態となる。

潔は目を光らせて問うた。

「脱獄者は何名だ」

「十数名かと思われます。最初に獄舎の看守が背後から襲われ、気絶している間に銃を奪われました。その後、物陰から発砲が続いて、どこから撃たれているのかわからず、うろたえている間にさらにふたりの看守が襲われて銃を奪われたのです。銃を奪った者たちは、そのまま逃走しましたが、一部の者がまだ敷地内に残っております」

「何者かがあらかじめ銃を奪って、他の者を逃がしたのですな。おそらく寅吉の仕業

でしょう」

直常が言うと潔はうなずいて、看守へ言葉を継いだ。

「敷地内に残った者たちはどうした。捕えたのか」

看守は強張った表情で答えた。

「いえ、それが武器庫に立て籠っております」

「なんだと」

潔は息を呑んだ。囚人たちが武器庫で銃や弾薬を手に入れれば騒ぎはさらに大きくなり収拾がつかなくなる。

青ざめた表情の潔に直常が落ち着いて告げた。

「月形典獄、ご安心ください。武器庫の銃や弾薬は万一のことを考えてひそかに別の保管場所に移動しておきました。いま武器庫にはサーベルが何本かあるだけです」

「そうでしたか。よく気がついてくれました」

ほっとした潔は素早く看守に命じた。

「わたしはこれから武器庫の囚人を捕える指揮をとる。脱獄囚はおそらく武器庫に入った連中と当別村へ逃げた者、厚田村へ向かった者の三つに分かれて追手を分散させるつもりだろう。騎馬隊に当別村へ逃げた囚人を追わせるように。武器庫の囚人たちを制圧したら、わたしが一隊を率いて厚田村へ向かう」

看守は敬礼して、承知いたしました、と答えると、すぐに騎馬隊を集合させるべく走った。潔は直常とともにあわただしく武器庫へ向かう。

官舎の北側に接して建つ赤煉瓦造りの武器庫の前では看守たちが、サーベルを手にして取り巻いて、中の囚人たちに、

「早く出てこい」

「もう逃げられはせんぞ」

「おとなしくいたさねば斬るまでだ」

と荒々しく声をかけていた。これに対して武器庫からは声があがらず、息を詰めたようにひっそりとしている。

潔が近づくと看守たちがさっと道を開けた。

「中の様子はどうだ」

潔に訊かれて看守のひとりが敬礼して答えた。

「五人ほど中に立て籠っております。おそらく銃と弾薬を奪うつもりだったようですが、なかったらしく、先ほどまでは、騙された、俺たちは追手を引き留める餌にされた、などとわめいておりました」

そうか、と潔はうなずいた。直常が口髭をひねって、

「寅吉め、武器庫に銃と弾薬はないことを承知していたのではありませんか。おそら

く自分たちが逃げる間、わしらを引き寄せておくために武器庫を襲わせたのでしょう。銃さえあれば逃げられると思って武器庫に入った奴らはとんだ貧乏籤を引いたことになりますな」

と嘲笑った。しかし、潔は難しい顔のまま武器庫の戸を睨んだ。

「だが、ここで、引き留められているわけにはいかない。一刻も早く厚田村へ逃げた者を追わなければ」

潔が看守たちに武器庫へ踏み込めと命じようとした時、

「お待ちください。武器庫の中は狭うございます。大勢で踏み込んでは却って味方のサーベルで傷つく者が出てきます」

と近寄ってきた義衛が言った。潔は驚いて振り向いた。

「では、どうしろと言われるのです」

「わたしが踏み込みましょう。皆様は武器庫から逃げてくる者を捕えてください」

「杉村さんがひとりで踏み込むのですか。それは危ない」

頭を振って潔が言うと、義衛はにこりと笑った。

「なんの、京で池田屋へ斬り込んだときに比べれば、造作はござらん。ただし、歯向かう者は残らず、斬り捨てますが、それでよろしゅうござるか」

義衛は新撰組の生き残りらしい凄みのある目を潔に向けた。

「ご存分に――」

潔はきっぱりと言った。

義衛は看守のひとりからサーベルを借りて武器庫に歩み寄った。まるで、知人の家を訪ねるかのような無造作さで戸をがらりと開け、同時に中へ飛び込んだ。

怒鳴り声と何かが倒れる大きな音が響き、さらに悲鳴やうめき声がもれた。

やがて戸口から赤い獄衣を着たふたりが這いずるようにして出てきた。

それぞれ傷を負っているようだ。その後から出てきた義衛は、ふたりに目もくれず、血に染まったサーベルを持ったまま潔に近づいた。

「片づきました。三人はサーベルで襲ってきたゆえ、斬りました。サーベルを持っていなかったふたりは手足に傷を負わせただけです」

義衛は何事もなかったかのように平然と言うとサーベルを看守に渡した。潔は京で鬼と恐れられた新撰組の凄まじさを目の当たりにした思いだった。

「助かりました。これでほかの者を追うことができます。おそらく五寸釘の寅吉が奴らの首領で、厚田村へ逃げた者の中にいるでしょう」

潔は感謝の思いを込めて言った。すると、看守があわただしく近づき、

「その寅吉ですが、脱獄はいたしておりません。いまも獄舎におります」

と声をひそめて言った。

「まさか――」

脱獄の首謀者であるはずの寅吉がいまなお獄舎にいるというのは、どういうことなのか、潔には信じられなかった。直常もうろたえた様子で言った。

「これは確かめねばなりません。獄舎へ参りましょう」

潔はうなずいて直常とともに獄舎へ向かった。薄暗い獄舎では赤い衣の囚人たちが列をつくり、床に正座させられていた。

銃を持った看守が厳しい表情で見張っている。潔がずかずかと入っていくと列の真ん中に寅吉がいた。

「貴様、脱獄しなかったのか」

潔は怒鳴るように訊いた。寅吉はにやりと笑った。

「ここにいるのを見れば、わかりそうなもんですがね」

直常がかっとなって前に出ると、寅吉を蹴り倒した。

「典獄に向かって、何という口の利き方をする。無礼は許さんぞ」

顔を蹴られた寅吉は、口の端を切ったらしく滴る血を指でぬぐいながら体を起こした。「怒るのは勝手だが。おれに構っている暇はないんじゃないのか。こうしている間にも逃げ出した奴らは遠くへ行ってしまうぜ」

寅吉は血のついた口をゆがめて嗤った。寅吉を睨みつけていた潔は憤然として背を向けた。

「この男の言う通りだ。まずは脱獄囚を捕えるのが先決だ」

靴音高く獄舎を出て行こうとした潔はふと振り向いた。

「脱獄した者を捕え、誰が首謀者であったかを明らかにするぞ。首を洗って待っていることだ」

寅吉が、くっくっと含み笑いする声を背に聞きながら潔は獄舎を出た。後を追ってきた直常が興奮した口振りで言った。

「寅吉の奴、囚人たちを唆して脱走させ、われわれを翻弄しようというつもりに違いありませんぞ」

「逃げた囚人たちを捕まえればはっきりすることです」

潔は看守たちの中から厚田村への追跡隊を選ぶと全員に銃を装備させ、追跡が夜間にまでおよぶと見て松明を用意させた。

「脱獄計画を明らかにしなければならぬゆえ、数人は捕えるつもりだが、抵抗する者は容赦なく撃て」

潔は激しい口調で言うと直常らを引き連れて門へ向かった。その後ろ姿を義衛が痛ましいもののように見つめていた。

七

厚田村は樺戸集治監から西へ五里、険阻な山道を越えたところにある。

行く手には峰々が立ちはだかり、追手を避けようとする者は樹林の間を抜け、岸壁を這い登って進まねばならない。

潔は十数人の追跡隊を率いて、すでに日が落ちた山中を懸命に進んだ。

松明に火を点し、わずかな明かりを頼りに難路を行くだけでも苦心惨憺しなければならず、はたして脱獄囚を捕えることができるのか、と不安になった。途中、渓流に出たあたりで、看守のひとりが流れに沈んでいた獄衣を拾い上げた。

「間違いありません。奴ら、このあたりを通って厚田村へ向かっております」

看守の声に潔は勇気百倍した。

「よし、急げ。奴らは厚田村で衣服や食料を奪うのに手間取ろう、夜明けまでには追いつくぞ」

渓流の浅い場所を選んで渡り、岩肌にとりついてよじ登っていった。

やがて夜が白み始めたころ、海岸に出た。海面は黒々としてゆるやかな波が海岸に打ち寄せている。

潮の香りに包まれながら厚田村に入っていくと、早暁だというのに、何人もの漁師が手に櫂や包丁を持って集まっている。

「どうした。われわれは樺戸集治監の者だ。脱獄囚を追っている」

直常が声をかけると、警戒していた漁師たちがほっとした様子で駆け寄ってきた。

「お役人様に申し上げます。村の金貸しの家に鉄砲を持った男たちが押し入りました。時おり外へ向かって鉄砲を放つので近寄ることもできずに困っておりました。おそらく脱獄した囚人どもだと存じます。なにとぞ、取り押えてください」

村長だと名のった中年の男が怯えた様子で言った。直常はうなずいた。

「よし、わかった。その家へ案内しろ」

潔は看守たちに大声で告げた。

「行くぞ。奴らを逃がすわけにはいかん」

村長に案内されて潔たちは囚人が押し入ったと思われる金貸しの家へ急いだ。村の家々の間を抜け、少し離れたところに大きな屋敷があった。

まわりの物陰に隠れるようにして、漁師たちが屋敷を見張っていた。村長が、

「どうだ。何か変わったことはあったか」

と訊くと、小柄な男が声をひそめて答えた。

「さっきまで、たぶん金貸し夫婦らしい男と女の悲鳴が聞こえていたんだが、いまは

何も物音がしない。それに押し入った連中とは別に、いましがたもうひとり入ってい
きました。連中の仲間が遅れてきたみたいです。そいつも鉄砲を持っていました」

「なに、また人数が増えたのか」

村長は困惑した口調で言った。潔は身を乗り出して小柄な男に訊いた。

「その男は赤い獄衣を着ていたか」

「いえ、違います。あれは、アイヌの着物のようでした」

「アイヌが屋敷に入っていったというのか？」

潔は目を瞠った。そう言えば、騒動が起きてから、レコンテの姿を官舎や獄舎で見
ていないことに気づいた。

直常が愕然として言った。

「まさか、レコンテの奴、寅吉の仲間に引き込まれていたのでしょうか」

潔はゆっくりと頭を振った。

「わかりません。しかし、もし、そうだとすると、ここで奴らを取り逃がすとレコン
テの案内で樺太まで逃げ延びてしまう。ぐずぐずしてはいられません」

潔は屋敷に踏み込むことを決意した。

「わたしに続け――」

潔が屋敷に向かって一歩、踏み出そうとした時、

ずだーん
ずだーん
立て続けに銃声が響いた。しかも、なお銃声が続いた。

潔は屋敷の門をくぐった。屋敷の中からは怒鳴り声が聞こえ、硝煙の臭いが立ち込めている。薄暗い土間に入った潔はあっと声をあげた。数人の男たちが倒れ、うめき声を上げている。いずれも獄衣や漁師から奪ったらしい着物を着た男たちだ。

「何事だ――」

潔は囲炉裏のそばにアイヌの衣装を着たレコンテが倒れているのを見つけた。レコンテは手に銃を持っている。脱獄囚とレコンテは銃で撃ち合ったようだ。潔が駆け寄って抱え起こすと、レコンテは胸に銃弾を受けており、血が流れていた。

「レコンテ、何があったのだ。わけを話せ」

潔が肩を抱えて呼びかけるとレコンテは、閉じていた目を開けた。

「すみません。わたしはあなたに嘘をついていました」

「嘘だと」

潔は息を呑んだ。

「わたしが樺戸集治監に来たのは、この大地にひとを閉じ込める場所を作ってはいけない、と言うためでした。獣を野に放つようにすべての囚人を解放して欲しいとチャランケしようとしたのです」

　チャランケとはアイヌの言葉で交渉するという意味だった。

　潔はそのことに気づくとともにレコンテが樺戸集治監に来てから、常に何か言いたげだったことを思い出した。

「しかし、あなたはわたしの言うことを聞いてくれそうにありませんでした。それで、わたしは囚人たちを樺戸集治監から逃がそうと決意しました。それで、まず銃弾を盗みましたが、それからどうしたらいいのかわかりませんでした。そのとき、ちょうどあなたから寅吉を見張るように命じられたのです。それで、わたしは囚人を脱獄させるにはどうしたらいいかを寅吉に相談したのです」

「では寅吉は首謀者ではなかったのか」

　潔はうめいた。獄舎にいた寅吉の自信に満ちた様子には理由があったのだ。

「すべてはわたしがしたことです。寅吉はひとと一緒に逃げるのは嫌だと言いましたが、わたしに知恵を貸し、さらに囚人たちを仲間にしてくれました。囚人たちはアイヌのわたしが言うことは聞かなくても、寅吉の言うことには従ったのです」

「では、なぜここに来て撃ち合ったりしたのだ」

「わたしは樺戸集治監の様子を見届けて後からここに来ました。そうすると、囚人たちはこの家の主人を傷つけ、さらに主人の妻に乱暴していたのです。囚人たちは野に放ってよい獣ではありませんでした。ウェンカムイに取り憑かれて、この屋敷を出れば、またひとを襲うでしょう。ですから、わたしが銃で撃ったのです。そうしたら彼らも撃ち返してきました」

レコンテは青ざめた顔に微笑を浮かべた。

潔は家の中を見まわして柱に血まみれの中年の男が荒縄でしばりつけられ、その傍らに半裸の女が倒れているのに気づいた。

「あれは奴らがやったのか」

潔が眉をひそめて訊くと、レコンテはかすれた声で答えた。

「そうです。わたしがこの家に来た時、連中は女にのしかかっていました。やめろと言っても言うことを聞かないので、撃ったのです」

「そうか。お前は非道なことはできない男なのだな」

つぶやくように潔が言うと、レコンテは言葉を継いだ。

「あなたは正しさを求める、よいひとです。しかし、あなたのいる場所は間違っている。あなたはあなたのいるべき場所にいなければならない」

潔の顔をじっと見つめたレコンテは、

――クンネチュプカムイ

とつぶやいてがくりと首をたれた。

「レコンテ――」

　思わず潔はレコンテを抱きしめていた。なぜかひどく悲しかった。レコンテが最後に言い遺したクンネチュプカムイ、すなわち、

　――月神
　という言葉が耳に残った。

　脱獄囚のうち当別村へ逃げた六人は騎馬隊によって全員、捕縛された。武器庫に立て籠った者五人のうち三人は義衛に斬られて絶命、残りふたりは重傷を負いながらも命は助かった。厚田村に逃げた七人のうちふたりは死亡、残る五人も怪我を負っていた。

　潔は樺戸集治監に戻ると寅吉を獄舎で尋問した。しかし、寅吉はぬらりくらりと言い逃れた。

「あのアイヌとは冗談を話していたんですよ。まさか、まともに聞いているなんて思いませんでしたよ。向こうが勝手に思ったことは俺には関わりないと思いますがね」

　平然と言ってのける寅吉に潔はレコンテの最期を話した。

「レコンテは脱獄囚を本当に鳥や獣を放つように逃がしてやりたかったのだ。ところが奴らは押し入った先の主人を傷つけ、妻に乱暴を働いた。だからレコンテは奴らを銃で撃ち、自分も撃たれて死んだ」

潔の言葉を聞いた寅吉はしばらく黙った後で吐き捨てるように言った。

「あいつはそんな奴でした。夢みたいなことばかり言ってましたよ」

「どんなことだ」

「ひとは皆、どこかに閉じ込められている。そこから逃げ出さなけりゃいけない。そうしないと神様のところへは行けないってね」

「閉じ込められたところから逃げ出せというのか」

潔は考えながらつぶやいた。寅吉はにやりと笑った。

「だから言ってやりましたよ。逃げるのは俺の得意技だって。ここからも必ず逃げて見せるってね。そしたら、あいつは言いました――」

寅吉は口をつぐんで潔の顔を見た。潔は静かに寅吉を見返した。

「レコンテは何と言ったのだ」

「あなたは風にのって逃げるだろうって」

寅吉は言い終えると不意に下を向いた。

切れ切れに、畜生、あんないい奴を殺しやがって、という言葉が歯を食いしばった口からもれた。

潔は寅吉の震える肩をじっと見つめた。

寅吉の尋問を終えた潔は道場に行った。

義衛がいつもと変わりなく看守たちに稽古をつけている。潔がじっと見つめているのに気づいた義衛はゆっくりと入り口に近づいてきた。

「何かお話があるのでしょうか」

義衛は寂びた声で訊いた。

「何ということもありませんが、レコンテが死んだことを杉村さんはどうお思いかと思いまして」

義衛はわずかに微笑を浮かべた。

「幸せなのではありませんかな」

「幸せですと」

義衛の言葉に潔は意外な思いがした。

「さよう。レコンテは脱走の首謀者だったのでしょう。それなのに月形典獄に悼まれております。望外な幸せではありませんかな」

「さて、わたしはレコンテを悼んでいるのでしょうか」

潔は首をかしげた。悼むというほどの気持ではないようにも思えた。義衛は深々とうなずいた。

「悼むとは上辺だけの哀悼の言葉を口にすることではありますまい。亡くなった者を覚えていることが悼むということではありますまいか。わたしは新撰組で死んだ者のことを決して忘れません。ひとにはそれしかできないのですから」

「なるほど、わかりました」

潔は頭を下げて踵を返すと道場を出た。執務室に向かいながら、自分は決してレコンテのことを忘れないだろう、と思った。

九月になって長雨が続いた。農作物に被害が出たが、一雨で飛蝗の卵は孵化できなくなるものが多かった。

このため明治十三年以降、四年間にわたって続いた飛蝗の被害はようやく終息に向かおうとしていた。


翌年三月——

潔は内務省に辞任願を提出した。九州出身の潔はこのころ、寒冷の地での激務で体調を崩し、時おり、咳き込むようになっていた。辞任願には、病でこれ以上は勤務に耐えられないとした。

だが、辞任を思い立った理由はそれだけではなかった。直常は潔が辞任願を出したと聞くと、執務室にやってきて、

「なぜ、お辞めになるのですか。わけを聞かせていただけますか」

と問うた。樺戸集治監の開庁以来、苦労をともにしてきた直常から問われれば答えないわけにはいかない。

「内務省には健康上の理由としています。それも嘘ではありませんが、本当に思い立ったのはレコンテに言われたことが耳から離れないからです」

「何をレコンテは言ったのですか」

直常は潔の顔を見つめた。

「あなたは正しさを求める、よいひとだが、いる場所を間違えている。あなたはあなたのいるべき場所にいなければならない、と言ったのです」

「いるべき場所にいなければならない、ですか」

「そうです。そのことをずっと考えていました」

潔は椅子から立ち上がり、窓のそばによると外の風景に目を遣った。直常が顔をしかめて声をかけた。

「いるべき場所が見つかったからやめると言われるのですか」

潔は外を見つめたまま頭を振った。

「いや、いるべき場所が見つかったわけではありません。だが、ここにいてはいけないということだけはわかったのです」

「しかし、ここにいるのは月形さんに与えられた使命だったのではありませんか」

直常はなおも言い募った。

「そうです。だからこそ、この暗い、光の差さない場所にずっといました。自らが月となって夜明けを先導しなければならない、従兄弟の月形洗蔵から言われた言葉を守ってきました」

「それでしたら、初志を貫徹されるべきではありませんか」

「いや、わかったのです。たしかに夜明けを先導する月はこの世に必要です。しかし、ひとはいつまでも夜の闇に留まっていてはいけない。月であろうとするがゆえに自分を闇の中に閉じ込めていてはいけないのです。それでは本当の夜明けはやってこない」

潔は考え抜いた言葉をひとつひとつ言った。

脳裏に洗蔵の顔が浮かんだ。洗蔵だけでなく乙丑の獄で死んだ筑前勤皇党の志士たちの顔が浮かんだ。

闇の中でもがき苦しみ、闇に留まり続けた男たちだった。

(皆、闇の中に留まるべきではなかった。しかし——)

中村円太を殺したことによって、志士たちは闇の中に閉じ込められたのではないか。抜けることのできない、深い闇が志士たちを飲み込んだのだ。

洗蔵もまた円太を救えなかったため、闇を抜け出す道を失ったのではないか、と潔は思った。理想に燃えて樺戸集治監を建設した潔もまた囚人たちを閉じ込める間に、自ら闇に入ったのかもしれない。

（ひとを閉じ込め、殺す者は自らの生きる道を失うのだ。たとえ、どれほど善い心を持っていたとしても）

考え抜いたあげくに潔は辞任を決意した。その気持が変わらないことを窓に向かう潔の背中を見ていた直常は感じ取った。

「失礼いたしました」

直常は潔の背に向かって敬礼すると踵を返して執務室を出ていった。


辞表を内務省に送った潔は受理されるまでの間、なおも典獄として執務を続けた。ある日の夜、潔は官舎で磯と話した。

磯はランプの明かりで縫い物をしながら、

「やはり、お辞めになられるのでございますね」

と言った。潔はランプの灯り（あか）を見つめて顔を縦に振った。

「そうだが、磯は辞めない方がいいと思うのか」

「さようなことはございません。お体のことを考えれば、もっと早くにお辞めになられた方がよかったとさえ思います」

磯の穏やかな物言いには安堵（あんど）の気持がこめられていた。

「そうか。この地を去るのは寂しくはある。磯もせっかく養蚕が広まったのに残念であろう」

「いえ、わたくしはもはやなすべきことをなしたように存じますから」

「そうか、なすべきことをなした、とわたしも思うことができたらいいのだがな」

「なされた、とわたくしは思っております」

磯は針を持つ手を止めて、じっと潔を見つめた。

ランプの灯りに黄色く潔の顔が浮かんでいる。かつて若々しかった潔は痩せて頬はこけ、やつれていた。

「わたしが樺戸集治監に来て、なしたことと言えば、多くの囚人を死なせたことぐらいであろう」

潔は目を閉じた。表情に懊悩の色が浮かんでいる。

瞼をつむればレコンテや興津格の顔が脳裏に浮かんだ。はるばる北海道に来て、なにほどのこともなしえなかったという後悔が胸に湧いていた。

潔の胸中を察したかのように磯は口を開いた。

「あなたは囚人たちを生かそうとされたのです。たとえ、思うにまかせなかったとしても、ひとがなそうと努めたことは消えないとわたくしは思います」

「そうであればよいが」

微笑を浮かべて潔は磯に目を向けた。磯もやさしい笑みを浮かべた。

「木々の根は地中に隠れて見えませんが、根がなければ幹や枝は伸びず、葉も茂ることがなく、まして花は咲きません。あなたは根の仕事をしたのだ、とわたしは思っております」

根の仕事という言葉を潔は黙って聞いた。

〈乙丑の獄〉で刑死した洗蔵たちも根の仕事をしたのかもしれない、そう思った。


数日後——

春の日差しが明るい日だった。

外での作業を終えて獄舎に戻った寅吉に看守が鉄丸をつけようとした。寅吉は獄舎ではいつも一貫目（三・七五キロ）の鉄丸を足首につけられていた。

鉄丸をつけるため、看守がかがみ込むと、一瞬の隙をついて寅吉は看守の股間（こかん）を蹴（け）り上げ、気絶させた。

すばやく房を飛び出した寅吉は廊下を走り抜けて外に出た。だが、門には守衛が立っているため、抜け出ることができない。まわりは十八尺（およそ五・五メートル）の塀で囲まれている。

しかも前方から看守の怒鳴り声を聞いた杉村義衛が木刀を手に悠然と近づいてくる

のが目に入った。義衛は寅吉に鋭い目を向けて、

「脱走などできん。あきらめろ」

と言い放った。寅吉はにやりと笑った。

「おれはあきらめるのが嫌いなんでね」

寅吉は水場に走ると赤い獄衣を脱いで水に濡らした。そして塀に向かって走り、手に持った濡れた獄衣を思い切り叩きつけた。

「逃がさぬぞ」

義衛が駆け寄ろうとした。しかし、その前に獄衣が塀にぴたりと貼りつくと、その反動を利用してたちまちよじ登った。

「おのれ——」

うめく義衛を見下ろした寅吉は塀を越えた。さらに寅吉は石狩川の波止場へと走った。

この日、潔は波止場に出かけていた。波止場には船で運ばれた樺戸集治監の荷を入れる倉庫があった。

三月とはいえ、まだ雪が残っている。囚人たちは屋根の修繕作業を行っており、潔は作業を監視していた。すると獄舎の方からピーッという笛の音が響いた。

囚人の脱走を告げる笛だった。作業を監督していた看守たちが潔のもとへ駈け寄っ

てきた。

「脱獄のようです。あるいはこちらへ逃げてくるかもしれません」

潔はうなずいて、

「船を奪われるな」

と命じた。脱獄した囚人がもっとも遠くへ行こうと思えば波止場にもやってある船を使い、川を下るだろう。

だが、波止場には八人の看守がいた。脱獄囚がよほどの人数でない限り捕まえることができるだろう。

潔が目をこらすうちにひとりの男が獄舎の方角から走ってきた。上半身裸で股引だけを穿いている。男に気づいた囚人たちが、

「寅吉だ」

「五寸釘だ」

と騒ぎ出した。見ると走ってくる脱獄囚はたしかに寅吉だった。

(寅吉め、とうとう逃げる気になったのか)

潔はなぜか胸が躍る気がして寅吉を見据えた。

波止場の看守たちは寅吉に気づいても船を守るため動かない。囚人たちは、

「寅吉、こっちに来るな。捕まるぞ」

「逃げろ、逃げてくれ」

と叫び声を上げた。それを耳にしたのか、寅吉は突如、走る方角を変えた。

石狩川には結氷して対岸への船が動けないときのため、はるかな対岸まで竹製の籠を渡すケーブルが吊られていた。

この籠にひとが乗って対岸と往復するのだ。だが、春になると氷が融けるためケーブルから籠ははずされている。

寅吉が走ったのはケーブルの方角だった。これに気づいた看守が、

「奴はケーブルを伝って逃げるつもりだ」

と叫んでサーベルを抜いて走り出した。ほかの看守もサーベルを抜き、寅吉を追った。しかし、その時には寅吉はケーブルにたどりついていた。

寅吉はケーブルに飛びつき猿のように伝い始めた。

看守や囚人たちが驚きの声をあげると、寅吉は一瞬、振り向き、白い歯を見せてにやりと笑った。

潔には、寅吉が自分に笑いかけたように思えた。

風が吹いた。

ケーブルが揺れる。しかし、寅吉はたじろぐことなく、ケーブルを身軽に伝っていく。看守たちが銃を構えて、

ずだーん
ずだーん
と寅吉を狙った。だが、すでに寅吉は銃弾が届かないところに達していた。
風が強くなった。潔は思わず、
――レラ
とつぶやいた。レコンテが寅吉は風に乗って逃げる、と言ったことを思い出していた。ケーブルを伝う寅吉は青空に浮かび、風に乗っているかのようだ。
潔は耳もとで囁(ささや)く声を聞いた。

逃げろ
寅吉、逃げてくれ
閉じ込めるすべてのものから
逃げろ
どこまでも
どこまでも
洗蔵や円太たち、自らを縛る掟(おきて)から逃げられなかった男たちの声だ、と潔は思った。

知らず知らずの間に、潔はうめくようにつぶやいた。

「寅吉、逃げろ、どこまでも」

逃げろ、潔は胸の中で叫んだ。やがて対岸にたどりついた寅吉はケーブルから飛び下り、姿は樹林の中へと消えていった。

潔は呆然（ぼうぜん）として見送った後、空を見上げた。

青い空に大きな白い雲が浮いている。そんな空を見たのは、九州にいた時以来だ、と思った。

八

樺戸集治監から脱走した五寸釘（ごすんくぎ）の寅吉はいったん捕まったが、その後も脱走を繰り返して、ついには北海道を脱出、大阪から九州にまで逃走して潜伏した。その後、またもや捕まり、北海道の空知（そらち）集治監に収容された。だがここも間も無く脱獄した。

寅吉は生涯に合わせて六回の脱獄を繰り返したが、六回目に捕まると何事か悟ったのか網走（あばしり）の分監では脱獄を企てず模範囚として過ごした。

寅吉は大正十三年九月、七十二歳で釈放されるまで長い獄中生活を送ることになる。

明治十八年（一八八五）八月――

潔は樺戸集治監を去ることになった。体調は悪く、いつも咳き込んでいた。頬がこけ、痩せた様子はかつて集治監建設のためこの地を訪れたころと変わり果てていた。

潔は妻の磯や梓、満とともに石狩川の波止場から蒸気船に乗った。

波止場には看守や月形村の村民が多数、見送りに来てくれていた。

潔は病み衰えた顔をさらすことにためらいがあったが、見送りに応えるため、磯とともに舷側に出て手を振った。看守たちは敬礼し、村民の間からは、

「月形様、ありがとうございました」

と感謝の声がかけられた。

舷側につかまって体を支えていた潔は涙が出そうになった。潔は典獄であるとともに行政官としても地元の発展に尽力してきた。

傍らの磯が嬉しげに言った。

「あなた、あのように皆様が見送ってくださいます」

磯の言葉に潔は、深くうなずいた。

「見送ってもらえるのは幸せなことだな」

幕末以来、あまりに多くの不幸を見過ぎた、と潔は思った。〈乙丑の獄〉での洗蔵らの無残な刑死はいまも瞼の裏にはっきりと焼き付いて消えることはない。

北海道での監獄設置を命じられたおり、かつて獄にいた自分には似つかわしくない仕事だと逡巡があった。しかし、いまとなれば、どのような思いで北海道に赴任したのかがわかる。

洗蔵ら維新を前に非業の死を遂げた筑前尊攘派のひとびとの無念をはらしたかったのだ。洗蔵らが無駄に死んだのではなく、この世をよくする理想の途次で倒れたのだ、と思いたかった。

樺戸集治監において何かをなしとげたかった。

それが何なのかはよくわからなかったが、言うなれば、この世に無意味なものはない、ということであっただろうか。

誰もが役割や使命を帯びてこの世に生まれてくる。洗蔵には洗蔵の使命、中村円太には円太の役割、そして自分にもまた果たさねばならないことが天より与えられているのではないだろうか。

樺戸集治監で直面した現実はあまりに無残だった。ひととひとがお互いを食い合うことでしか生き延びられない現実があった。

看守は囚人を斬殺し、囚人は看守の隙あらば、と付け狙う。自分は食い合った末に生き延びたというだけのことではないのか。そのような思いで潔は暗い冬を過ごした。

（救いはなかったのだろうか）

蒸気船が動き出した。見送りのひとびとの声がひと際大きくなった。

ひとびとに手を振った潔は空を見上げた。

よく晴れた空で白雲が浮いている。

樺戸集治監の典獄になってから、いつも陰鬱な空を見上げていたような気がする。

それなのに、去ろうとするころになって青空に気づくのが不思議だった。

空を見上げている間に涙が消えていった。泣くまい、と思った。悲しい、辛い日々だけだったはずがない。

ひとはどのように苦しくとも歓びを見出していかねばならない。樺戸集治監での暮らしにも何かがあったはずだ。

「そうだ。そうでなければならぬ」

潔はしばらく考えたが、はるかな風景を眺めるうちに思いあたった。九州から北海道まではるばるやってきて、残したものは、

――月形村

の名だけなのかもしれない。洗蔵はかつて潔に神功皇后が征韓の船を出したおりの先導神は月神であった、と話してくれた。

北海道に渡って月形の名を残すことで、果たせなかった洗蔵の志を伝えたのではないか、と潔は思った。

蒸気船はゆっくりと石狩川を下っていく。

潔が見つめていた白雲がふたたび涙で滲(にじ)んで見えた。

泣くまい、泣いてはならぬと思いつつ、いつの間にか潔は、月形村の方角に向かって嗚咽(おえつ)していた。


七月――

太政官大書記官金子堅太郎(かねこけんたろう)が樺戸集治監を視察に訪れた。

堅太郎は嘉永六年(一八五三)、福岡藩士金子清蔵の長男として生まれた。

乙丑の獄で月形洗蔵が刑死したとき堅太郎は十三歳だった。

幕府が倒れ、王政復古の後、明治三年(一八七〇)、堅太郎は遊学を藩から命じられて東京に上った。幕末、月形洗蔵ら、尊攘派を壊滅させて時勢に乗り遅れた福岡藩では藩士の子弟の勉学に力を注いでいた。

翌年、旧藩主黒田長知が岩倉具視使節団に加わり、アメリカに遊学することになると、その供に加えられた。ハーバード大学に入って法律、憲法、国際法を学んだ。この時期、ハーバード大学には後にアメリカ大統領となるセオドア・ルーズベルトがいて親しくなった。

堅太郎は、明治十一年に帰国した。二年後には元老院に出仕し、十八年から総理大臣秘書官となっていた。

樺戸集治監の前典獄が同じ福岡藩出身の月形潔だということにも何の感慨も抱いていなかった。堅太郎は、潔より六歳若く、福岡藩への思いもはるかに薄かった。堅太郎は法律学の知識を買われ、伊藤博文の股肱（ここう）として憲法制定で驥足（きそく）を展（の）ばそうとしていた。

樺戸集治監の視察で堅太郎は次のような復命書を伊藤博文に提出した。

――モトヨリ暴戻ノ悪徒ナレバ、ソノ苦役ニタヘズ斃死（へいし）スルモ（略）今日ノゴトク重罪犯人多クシテイタヅラニ国庫支出ノ監獄費ヲ増加スルノ際ナレバ、囚徒ヲシテコレラ必要ノ工事ニ服セシメ、モシコレニタヘズ斃（たふ）レ死シテ、ソノ人員ヲ減少スルハ監獄費支出ノ困難ヲ告グル今日ニオイテ、万（よろづ）止ムヲ得ザル政略ナリ

囚人を北海道開拓の難工事に使い、重労働によって囚人が死ねば国家の利益になるというのだ。

明治二十年（一八八七）、市来知（いちきしり）から忠別太（ちゅうべつぶと）まで約八十八キロにおよぶ上川（かみかわ）道路を囚人に建設させる工事が始まった。

食事も満足に与えられず、蚊の襲来で夜も寝られないまま、突貫工事が行われ、難

所であっても避けることは許されなかった。三年かけて上川道路が完成すると、さらに旭川(あさひかわ)から北見峠を越えて網走に達する全長二百十七キロにおよぶ北見道路の工事に囚人たちは駆り出された。

囚人たちは、ふたりが組になって同じ鎖でつながれ、食糧も乏しい劣悪な環境から病に倒れるものが相次いだ。毎日一人は脱走者が出たが、サーベルを持って監視していた看守によって脱獄囚はたちまち斬殺された。工事は北見峠に近づくほど増えていき、計算によると工事が三百八十メートル進むにつれて囚人ひとりが死んでいった。

駆り出された囚人一千百五十人のうち、九百人が発病し、死者は二百十一人に及んだ。囚人の遺体はしばらく風雨にさらされるまま放っておかれ、やがて土がかぶせられた。この墓に死んだ囚人は鎖をつけたまま埋められた。そのため、

——鎖塚
とも呼ばれた。

明治三十七年(一九〇四)の日露戦争に際して、金子堅太郎は渡米してアメリカとの折衝や外債募集にあたった。この際、堅太郎がルーズベルト大統領とハーバード大で旧知の仲だったことが役立った。堅太郎は全米各地を回って世論工作を行い、外債募集に成功した。

日露戦争が起きる十年前、明治二十七年（一八九四）一月、月形潔は、福岡県那珂(なか)郡住吉村で病死した。享年四十八。

潔が亡くなった夜、空には弦月があった。

凄愴(せいそう)の気を漂わせながら清らかな佇(たたず)まいの月明の時期は終わり、野望に満ちて赫奕(かくやく)と輝く太陽が昇る時代となっていた。

解　説

――月が導く夜明けのものがたり――

福　田　千　鶴（九州大学基幹教育院教授）

幕末・維新史を語るときに、欠かせないのは薩摩や長州の動向である。その大筋を欠くならば、幕末・維新史は描けないという大状況があることは認めざるをえない。しかしながら、薩長の目線で描かれる幕末・維新史でよしとするような歴史観からは、そろそろ卒業したい。葉室麟も、そうした思いが強かったのではないか。

『月神』は、薩長のはざまで埋没してみえるような福岡藩にも、語り継ぐべき歴史があることを豊穣に描く作品である。

章立ては、「月の章」と「神の章」の二部構成をとる。「月の章」は、福岡藩の幕末の志士たちの動向を、筑前勤王党（尊王攘夷派）の中心人物であった月形洗蔵を主軸として描いていく。これを前史としつつ、「神の章」では舞台を北海道に移し、月形潔が明治新政府の一員として牢獄建設の使命を全うするなかでの葛藤を描いていく。潔は従兄弟の洗蔵を尊敬しており、無念の死を遂げた洗蔵が残したとする「われら月形一族は夜明けを先導する月とならねばならぬ」という言葉を語り、これが小説全体に通底する伏線となる。

「月の章」の舞台は、九州である。その北部九州に位置する福岡藩は、筑前一国を領する国持大名の黒田氏が支配し、現在の福岡市の中心部にある福岡・博多を城下町として発展した。初代藩主は黒田長政であり、関ケ原合戦の戦功により中津（現、大分県中津市）から福岡に移って以来、幕末まで黒田氏十二代が続くことになった。藩主名をとって、黒田藩と呼ばれることもある。昔の酒席でよく歌われていた「酒は飲め飲め、飲むならば～」の黒田節で知られる黒田藩のことである。

その福岡黒田藩において、幕末の難局の舵取りをしたのは、十一代藩主黒田長溥だった。福岡藩がなぜ薩長のような雄藩化を果たせなかったのか、という疑問に対しては、藩主長溥の失策と指摘されることが多い。『月神』でも、長溥を「智慧があるがゆえの暗君」として描き、月形洗蔵が長州の高杉晋作、薩摩の西郷隆盛になれなかった最大の理由を度量のない暗君長溥に求めている。

長溥はただの暗君ではない。近代化に積極的に取り組んだ開明藩主の一人でもあった。実父の島津重豪は西欧の文化・科学技術に強い関心を示し、和漢書のほかに西洋の学問を学べる造士館を作り、天体観測所の明時館（天文館）を創設し、「蘭癖大名」とも呼ばれていた。その影響のもと、江戸の島津藩邸で長溥は二歳年上の甥孫・島津斉彬と兄弟のように育てられた。福岡藩主になると、長溥は西洋科学技術の導入にいち早く着手し、弘化四年（一八四七）に博多中洲に精錬所を作り、鉱物の試験、ガラス製造などに取り掛からせた。同様の施設に、世界文化遺産「明治日本の産業革命遺産」の一つ、鹿児島の集成館があるが、その建造に斉彬が着手できたのは嘉永五年（一八五二）である。また、長溥は、優秀な藩士に砲術・医学・西洋科学を学ばせるために江戸や長崎に遊学させ、幕府が慶応二年（一八六六）に海外渡航の禁を解くと、翌年すぐに藩士六人を米国やスイスに留学させるほど教育熱心だった。

その開明藩主がなぜ、暗君の汚名を被ることになったのか。その行動を理解するためには、養子に入った黒田家の事情を踏まえる必要がある。近世中期以降の黒田家は、養子が続いた。六代継高の男子はみな早世した。そこで、七代治之を一橋徳川家から養子に迎えた。しかし、子に恵まれず、八代治高は京極家から、九代斉隆は再び一橋徳川家から養子に迎えた。斉隆は十九歳の若さで没したが、幸い男子が生まれており、御家断絶の危機は免れた。とはいえ、相続したのは数えで一歳の斉清だったため、実の祖父一橋徳川治斉の後見を受けて育った。斉清は二男二女に恵まれたが、男子はみな早世した。そこで、迎えられたのが薩摩の島津重豪の九男（一説には十三男）の長溥だったのである。

長溥は、先代藩主斉清の長女純を妻とした。つまり、家付きのお姫様と結婚したのだが、純は嘉永四年（一八五一）に江戸に没した。三十三歳。子はなかった。長溥には側妾との間に三女一男が生まれたが、いずれも早世した。そこで、純がまだ存命の嘉永元年に藤堂家から長知を養子に迎えた。長知は元服すると、すぐに婚礼をあげ、桑名藩主松平定和の娘豊を妻に迎えた。

このように黒田家は一橋徳川家との縁戚関係が長く続いていたことに加え、佐幕派（徳川幕府を補佐する派閥）の桑名松平家との縁戚関係もあった。長溥が最終的に佐幕派に傾かざるをえなかった背景には、こうした縁戚関係があったのであり、長溥は一橋家出身の十五代将軍徳川慶喜を島津斉彬とともに推した経緯もあり、これを見捨てることはできなかったのである。

長溥は佐幕派となる決断をすると、尊王攘夷派を藩内から一掃した。これが「乙丑の獄」と呼ばれる大弾圧事件である。慶応元年（一八六五）の干支が「乙丑」であったことから、こう呼ばれる。家老の加藤司書以下七名が切腹、藩士月形洗蔵以下十四名が斬罪、野村望東尼以下十五名が流罪、その他、宅牢（自宅監禁）を命じられた者も多かった。

その経緯をみるに、幕府は文久二年（一八六二）になると、参勤交代を緩和し、諸大名の妻子の帰国を許した。福岡では城内下屋敷に新屋敷を造営し、翌三年二月に豊が帰国した。さらにその翌年、鞍手郡犬鳴山に新たな御殿が造営された。犬鳴山別館である。これは、海辺に近い福岡城では異国船からの攻撃が避けられないため、山間部に藩主家族の隠れ家として設けられたものであると、筑前浦の商人が書いた『見聞略記』に書かれている。庶民ですら、そのように理解していたものだった。

また、隣国の長州毛利（もうり）家でも妻の帰国を契機に、海辺の萩（はぎ）から内陸部の山口（やまぐち）に御殿や藩庁組織を移した。そのために萩ではなく山口が県庁所在地となったのである。つまり、海辺から内陸部に御殿を移すという動向は、福岡藩に限るものではなかった。

ところが、福岡藩ではこれが「乙丑の獄」の口実とされてしまう。別館造営の責任者が尊攘派の家老加藤司書だったこともあり、これは別館に長溥を押し込めて隠居させ、世子の長知を奉じて尊王攘夷を実行する計画であるとの噂が流れ、これが主君に対する不忠とみなされたのである。その結果、月形洗蔵ら多くの人材を失うことになり、福岡藩が雄藩として浮上する道は絶たれてしまった。

ただし、これは長溥にとって苦渋の決断だった。というのも、彼はその日以来、髭（ひげ）を剃（そ）ることを止めたからである。いくつか残る長溥の写真は、いずれもその頃から伸ばし続けている髭姿である。「乙丑の獄」で散った者たちの死を思わない日はなかったのだろう。

これは月形潔も同じだった。九州から遠く離れた北海道の地で、潔はなんども問いかける。

なぜ、月形洗蔵は死ななければならなかったのか……。

月が夜明けを導くだけでなく、月夜に落ちた一滴(ひとしずく)が湖面に静かな波紋を広げていく。『月神』は、幕末維新期の激動を描きながらも、そんな清浄な読後感が得られる小説である。

本書は、二〇一五年八月にハルキ文庫から刊行されました。

月神（げっしん）

葉室 麟（はむろ りん）

令和5年 3月25日　初版発行

発行者●山下直久

発行●株式会社KADOKAWA
〒102-8177　東京都千代田区富士見2-13-3
電話　0570-002-301（ナビダイヤル）

角川文庫 23595

印刷所●株式会社暁印刷
製本所●本間製本株式会社

表紙画●和田三造

ISBN 978-4-04-113569-3　C0193

◇◇◇

角川文庫発刊に際して

角川源義

第二次世界大戦の敗北は、軍事力の敗北であった以上に、私たちの若い文化力の敗退であった。私たちの文化が戦争に対して如何に無力であり、単なるあだ花に過ぎなかったかを、私たちは身を以て体験し痛感した。西洋近代文化の摂取にとって、明治以後八十年の歳月は決して短かすぎたとは言えない。にもかかわらず、近代文化の伝統を確立し、自由な批判と柔軟な良識に富む文化層として自らを形成することに私たちは失敗して来た。そしてこれは、各層への文化の普及滲透を任務とする出版人の責任でもあった。

一九四五年以来、私たちは再び振出しに戻り、第一歩から踏み出すことを余儀なくされた。これは大きな不幸ではあるが、反面、これまでの混沌・未熟・歪曲の中にあった我が国の文化に秩序と確たる基礎を齎らすためには絶好の機会でもある。角川書店は、このような祖国の文化的危機にあたり、微力をも顧みず再建の礎石たるべき抱負と決意とをもって出発したが、ここに創立以来の念願を果すべく角川文庫を発刊する。これまで刊行されたあらゆる全集叢書文庫類の長所と短所とを検討し、古今東西の不朽の典籍を、良心的編集のもとに、廉価に、そして書架にふさわしい美本として、多くのひとびとに提供しようとする。しかし私たちは徒らに百科全書的な知識のジレッタントを作ることを目的とせず、あくまで祖国の文化に秩序と再建への道を示し、この文庫を角川書店の栄ある事業として、今後永久に継続発展せしめ、学芸と教養との殿堂として大成せんことを期したい。多くの読書子の愛情ある忠言と支持とによって、この希望と抱負とを完遂せしめられんことを願う。

一九四九年五月三日

角川文庫ベストセラー

幕末　開陽丸
徳川海軍最後の戦い
安部龍太郎
鳥羽・伏見の戦いに敗れ、旧幕軍は窮地に立たされていた。しかし、徳川最強の軍艦＝開陽丸は屈することなく、新政府軍と抗戦を続ける奥羽越列藩同盟救援のため北へ向うが……。直木賞作家の隠れた名作！

佐和山炎上
安部龍太郎
佐和山城で石田三成の三男・八郎に講義をしていた八十島庄次郎は、三成が関ヶ原で敗れたことを知る。徳川方に城が攻め込まれるのも時間の問題。はたして庄次郎の取った行動とは……。（『忠直卿御座船』改題）

維新の肖像
安部龍太郎
日露戦争後の日本の動向に危惧を抱いていたイェール大学の歴史学者・朝河貫一が、父・正澄が体験した戊辰戦争の意味を問い直す事で、破滅への道を転げ落ちていく日本の病根を見出そうとする。

平城京
安部龍太郎
遣唐大使の命に背き罰を受けていた阿倍船人は、突如兄から重大任務を告げられる。立ち退き交渉、政敵との闘い……数多の試練を乗り越え、青年は計画を完遂できるのか。直木賞作家が描く、渾身の歴史長編！

武田家滅亡
伊東　潤
戦国時代最強を誇った武田の軍団は、なぜ信長の侵攻からわずかひと月で跡形もなく潰えてしまったのか？　戦国史上最大ともいえるその謎を、本格歴史小説界の俊英が解き明かす壮大な歴史長編。

角川文庫ベストセラー

山河果てるとも
天正伊賀悲雲録
伊東 潤

「五百年不乱行の国」と謳われた伊賀国に暗雲が垂れ込めていた。急成長する織田信長が触手を伸ばし始めたのだ。国衆の子、左衛門、忠兵衛、小源太、勘六の4人も、非情の運命に飲み込まれていく。歴史長編。

北天蒼星
上杉三郎景虎血戦録
伊東 潤

関東の覇者、小田原・北条氏に生まれ、上杉謙信の養子となってその後継と目された三郎景虎。越相同盟による関東の平和を願うも、苛酷な運命が待ち受ける。己の理想に生きた悲劇の武将を描く歴史長編。

天地雷動
伊東 潤

信玄亡き後、戦国最強の武田軍を背負った勝頼。信長、秀吉ら率いる敵軍だけでなく家中にも敵を抱え苦悩するが……かつてない臨場感と震えるほどの興奮！ 熱き人間ドラマと壮絶な合戦を描ききった歴史長編！

西郷の首
伊東 潤

西郷の首を発見した軍人と、大久保利通暗殺の実行犯は、かつての親友同士だった。激動の時代を生き抜いた二人の武士の友情、そして別離。「明治維新」に隠されたドラマを描く、美しくも切ない歴史長編。

家康謀殺
伊東 潤

ついに家康が豊臣家討伐に動き出した。豊臣方は自分たちの命運をかけ、家康謀殺の手の者を放った。刺客は家康の輿かきに化けたというが……極限状態での情報戦を描く、手に汗握る合戦小説！

角川文庫ベストセラー